奇商クラブ

G・K・チェスタトン

優れた法曹家でありながら法廷で発狂し、今は隠棲しているバジル・グラントと友人たちは、善良な大佐を見舞う恐ろしい陰謀や、奇妙な拉致事件の被害者となった牧師が語る信じ難い体験談などに接するうちに、あるクラブの会員たちと出会う。会員は既存のいかなる商売のバリエーションにもあたらない「完全に新しい商売」を発明し、それによって生活を支えなければならない——この一風変わった結社は「奇商クラブ」と呼ばれていた。チェスタトンが〈ブラウン神父〉シリーズに先駆けて発表した六篇を新訳で贈る。

奇商クラブ

G・K・チェスタトン
南條竹則訳

創元推理文庫

THE CLUB OF QUEER TRADES

by

G. K. Chesterton

1905

目次

奇商クラブ

ブラウン少佐の途轍もない冒険

イギリスとアメリカで集合住宅《フラット》と呼ばれるものの設計には、ラブレー[*1]か、その奔放な挿絵画家ギュスターヴ・ドレ[*2]が何かしら関わりを持っているにちがいない。玄関の扉も何かも含め、家の上に家を積み重ねて空間を節約するという考えには、まったくガルガンチュワ的なものがある。そしてそのような垂直に屹立《きつりつ》した街路の混沌と錯綜の中には、いかなるものが住んでいても、何が起こっても不思議ではなく、思うに、人が「奇商クラブ」の事務所を尋ねあてられるのは、そんな街路の一つに於《お》いてであろう。一見、この名前は通りかかる人の目を惹き、びっくりさせると思われるかもしれないが、こういった薄暗い巨大な蜂の巣の中では、いかなるものも人の目を惹いたり、びっくりさせたりすることは

＊1　フランソワ・ラブレー（一四八三あるいは一四八四－一五五三）。フランスの著述家。巨人ガルガンチュワとその息子パンタグリュエルを主人公とした物語で知られる。

＊2　一八三二－一八八三。フランスの挿絵画家。

ない。通行人はただモンテネグロ船荷取扱店とか「ラトランド・センティネル」紙のロンドン事務所とかいった、自分の悲しい行先を探しているだけで、薄明の通路を、夢の中の薄明の廊下を通るように通り過ぎてしまうのである。もしもサッグ団[*3]がノーフォーク街の大きな建物の一つに「見知らぬ人間暗殺会社」というものをつくって、眼鏡をかけた温厚な男を送り込み、問い合わせに答えさせたとしても、問い合わせる者はあるまい。だから、「奇商クラブ」も、化石だらけの大きな断崖にある化石のように、さる大廈《たいか》の中に隠れて君臨しているのである。

私たちがのちに知ったこの結社の性格は、今すぐにも簡単に申し上げることができる。それは風変わりなボヘミアンのクラブであって、会員となるために絶対に必要な条件は、志願者は自分が生計を立てる方法を見つけていなければならないということである。それはまったく新しい商売でなければならない。この必要条件の定義は、二つの主要な規則によって正確に表わされる。第一に、それは既存の商売の単なる応用とか変種とかであってはいけない。だから、たとえば、保険業者が火事にそなえて家具の保険を引き受けるかわりに——そう、たとえば——狂犬に裂かれることにそなえて、ズボンの保険を引き受けるとしよう。このクラブは、ただそれだけの理由で、くだんの保険業者を会員には認めない。原則は(ストーンビー・スミス事件でこの問題が取り沙汰された時、サー・ブラッドコック・バーナビー゠ブラッドコックがクラブの面々にした驚くほど雄弁かつ高邁《こうまい》な演説に於いて、機智も豊かに、鋭く指摘したように）変わらないからである。第二に、その商売は純然たる商業的収入源、それを発明した人間の生計の資でなければならない。だから、人が壊れた鰯《いわし》の罐詰の罐を拾い集めて毎日を暮らしても、それによって大儲けをするというのでもない限り、このクラブは会員と認めない。チック教授がこの点をはっきりさせた。そして、チック教授自身の新商売が何であるかを思い出すと、笑って良いのか泣いて良いのか、わからなくなる。

この奇妙な結社の発見は、不思議に爽快なものであった。この世界に新商売が十もあることを認めるのは、船や鋤《すき》を初めて見るのにも似ていた。それは人間に彼が感ずるべきことを――自分はまだ世界の幼年期にいるのだということを感じさせた。私がついにかくも非凡な団体とめぐり合ったのは、自慢ではないが、必ずしも奇異なことではなかった。というのも、私は可能な限り多くの結社に入ることを道楽にしているからだ。クラブを蒐集《あつめ》ていると言っても良く、大胆な若かりし頃に「アシニーアム」[*4]に入って以来、膨大で素晴らしく多種多様な標本を蓄えている。きっといつの日か、私が属していたべつの団体のお

*3　昔、インドで国内を流浪し、人を殺し、略奪を働いた暗殺団。
*4　一八二四年に創立されたロンドンの名門クラブ「アシニーアム・クラブ」のこと。このクラブには著名な文人、科学者、芸術家が多かった。

話もできるかもしれない。その時は「死人の靴ソサエティ」（あの、表面《うわべ》は不道徳だが、裏面では筋の通っている団体）の活動をお話ししよう。「猫とキリスト者《キャット・アンド・クリスチャン》」——この名前はこれまで恥ずべき誤解を受けて来た——の興味深い起源を説明しよう。そして、少なくとも世間は「タイピスト協会」が「赤いチューリップ同盟」と合体した理由《わけ》を知るであろう。「十個の茶碗」会については、もちろん、一言も言うつもりはない。ともかく、私が最初に暴露するのは「奇商クラブ」に関したことで、このクラブは、先ほども言った通り、この種のものの一つ——すなわち、私がこういう変わった趣味を持つからには、早晩出逢わずにいなかったクラブだった。首都の放埒《ほうらつ》な青年たちはふざけて私を「クラブの王」と呼ぶ。また「智天使《ケルブ》」とも呼ぶが、それは私が老年に到ってなお示している、薔薇《ばら》色の若若しい外見の故《ゆえ》である。私はただあの世にいる霊魂たちが、私と同じように美味しい食事をしていることを望むのみだ。しかし、「奇商クラブ」の発見には、じつに面白い点が一つある。一番面白いのは、私が発見したのではないということだ。発見したのは友人のバジル・グラント、夢想家であり、神秘家であり、屋根裏部屋からめったに出て来ない男なのだ。

　バジルのことを知っている人は稀《まれ》だった。人づきあいが悪いせいではなかった。もしも街路《とおり》から誰かが出て来て彼の部屋へ入って行ったら、バジルはその人に朝までしゃべらせていただろうから。彼を知る人がめったにいなかったのは、彼がすべての詩人同様、仲間なしでもやって行けたからである。彼は日没の空に突然現われた色彩の混合を歓迎するように、人間の顔を歓迎したが、パーティーへ行く必要を感じないことは、夕焼け雲を変える必要を感じないのと同様だった。彼はランベスの街中にある、一風変わった居心地の良い屋根裏部屋に住んでいた。彼のまわりに混沌《こんとん》と取り散らかっていたものは、周囲の貧民街と奇妙な対照をなしていた。古い空想的な書物、剣、鎧《よろい》――まさにロマン主義の屑箱《くずばこ》だ。しかし、彼の顔はこういったドン・キホーテ的な遺物のさなかにあって、不思議と鋭く、現代的な――力強い、法律家然たる顔に見えた。そして、私以外に誰も彼が何者かを知らなかった。

大分以前のことになるが、××で起こったあの恐ろしいグロテスクな場面は、どなたも御記憶だろう。英国の裁判官の中でももっとも鋭敏で有力な人物の一人が、審理中に突然発狂したのだ。あの出来事について、私には自分なりの見解があったが、事実そのものに関してはまったく疑いの余地がなかった。それに先立つ数カ月、いや数年間、人々はこの判事の行動に奇矯《ききょう》なものをみとめていた。彼は法律を扱う勅撰《ちょくせん》法曹家として筆舌に尽くせぬほど才気喚発な、恐るべき人物だったが、法律に興味を失《な》くしてしまったかに見え、関係者たちに個人的・道徳的な忠言をすることにいそしんでいるようだった。司祭か医者、それも歯に衣着《きぬき》せず物を言う司祭か医者のようなしゃべり方をした。人々が最初に戦慄をおぼえたのは、おそらく、一時《いっとき》の激情にかられて罪を犯した男に対し、彼がこう言った時のことだろう――「私は貴方に懲役三年の刑を言い渡すが、貴方に必要なのは海岸での三カ月の保養であると、確固たる、厳粛な、神の与えたもうた確信を抱いている」彼は判事席から罪人たちの罪を告発したが、かれらのあからさまな法的犯罪というよりも、法廷ではいまだかつて聞かれたことのない物事、ひどい自分勝手だとか、ユーモアの欠如だとか、故意に助長された病的傾向といったものを告発したのである。事態が危機に陥ったのは、彼《か》の有名なダイヤモンド事件に於いてであった。この時はほかならぬ首相自身が――あの才気喚発な貴人が前に進み出て、優雅に、そして渋々と、自分の従僕に不利な証言をしなければならなかった。家庭生活の詳細がことごとく開陳されたあと、判事は宰相にふたたび進み出ることを求め、宰相は静かな威厳をもって、言われる通りにした。すると、判事は突然、キイキイ声でこう言ったのだ。「魂を入れ替えなさい。あの宝石は犬にはふさわしくない。魂を入れ替えなさい」もちろん、こういったことはすべて、賢い人間の目から見ると、開廷中に彼の頭が本当におかしくなった、あの憂鬱で茶番めいた日を予告していたのである。問題の審理は、非常に著名で有力な二人の金融家の間の名誉毀損事件であって、双方に対し、相当な額の委託金横領の告発がなされていた。審理は長く、複雑だった。代弁者たちの話は長く、雄弁だった。しかし、ついに数週間にわたる作業と巧みな弁舌の末、偉大な判事が陪審員に事件の要点を陳述する時が来た。人々は明晰な論理をもって相手を粉々にする彼一流の名演説を聞けるものと、熱心に待ち望んでいた。判事は長引いた公判の間ほとんど口を利かず、公判が終わる頃には悲しく沈み込んでいるように見えた。彼はほんのしばらく黙っていて、それから、いきなり大声で歌を歌いだした。彼の発言は（報告によると）以下の通りであった――

「おお、ロウティー・オウティー、ティドリー・オウティー、
ティドリー・オウティー・ティドリー・オウティー、
ハイティー・アイティー、ティドリー・アイティー、
ティドリー・アイティー、オウ」

彼はそれから公職を退き、ランベスに屋根裏部屋を借りたのである。

ある晩の六時頃、私はその部屋に坐って、彼が黒体文字の二折り判本の山のうしろにしまっている贅沢なバーガンディーを一杯やっていた。バジルは部屋の中を大股に歩きまわり、いつもの習慣で、蒐集品の一つである大きな剣を指でいじっていた。燃えさかる暖炉の赤々とした光が、彼の四角張った顔立ちと猛々《たけだけ》しい白髪にあたっていた。青い眼はふだんにも増して夢想に満ちており、夢見るように語ろうとして口を開いた。その時、扉がバタンと開いて、顔色の蒼ざめた、しかし、火のような男が――髪は赤毛で、やけに大きな毛皮の外套を着込み、ゼイゼイ息を切らしながら部屋の中へとび込んで来た。

「邪魔してすまんね、バジル」男は喘《あえ》いで言った。「勝手ながら――ここで人と会う約束をしたんだ――お顧客《とくい》でね――もう五分もしたら来る――すみませんね、貴方」と私に向かって頭を下げた。

バジルは私に微笑みかけた。「君は知らなかったが、僕には実際家の弟がいるんだ。こちらはルーパート・グラント君で、するべき事は何でもできるし、やってのける男だ。僕は一つの事に失敗したが、彼はあらゆる事に成功している。僕の記憶では、新聞記者、不動産屋、博物学者、発明家、出版屋、学校の先生をして、それで――今は何をしてるんだね、ルーパート？」

「しばらく前から」ルーパートはいささかの威厳を持って、言った。「私立探偵をしてるんだ。そら、依頼人が来たぞ」

扉を叩く甲高い音がその言葉を途中で遮《さえぎ》り、「どうぞ」と言うと、扉がサッと開いて、粋な格好をした小肥《こぶと》りな男が素早く部屋へ歩み入った。男はトンと音を立ててテーブルの上にシルクハットを置くと、言った。「ごきげんよう、紳士諸君《ジェントルメン》」男は「諸君《メン》」という最後の音節を強調し、そのためになぜかやかまし屋で、軍人で、文学に明るく、社交的な人物のように思われた。頭は大きく、黒と灰色の縞になっていて、何か唐突な感じの黒々とした口髭が、悲しげな海のように青い眼とはそぐわない猛々しい感じを与えていた。

バジルはすぐさま、「隣の部屋に行こう、ガリー」と私に言って、扉の方へ動きかけたが、見知らぬ男は言った――

「かまわない。友達は残る。役に立つかもしれない」

その言葉を聞いたとたん、私は彼が誰かを思い出した――何年も前に、バジルの仲間内で会ったブラウン少佐という人物だった。あの黒い、洒落者《しゃれもの》めいた姿と大きくて厳《おごそ》かな頭はすっかり忘れていたが、言葉を四分の一くらいに切りつめて、しかも銃声のようにたたき出す独特のしゃべり方は憶えていた。良くはわからないが、それは部隊に命令を出す時の口調が癖になっていたのかもしれない。

ブラウン少佐はヴィクトリア十字勲章の保持者で、有能な名高い軍人だったが、少しも戦争好きではなかった。英領インドを取り戻した鉄の如き男たちの多くと同じように、彼は生まれつき信念も趣味も老嬢のようだった。服装は小ざっぱりしているけれども、地味で、生活の習慣は、茶碗の正確な置き方に至るまで几帳面《きちようめん》だった。ただ一つだけ熱中しているることがあって、それは信仰というに近い性質のものだったが――何かというと、三色菫《すみれ》の栽培だった。自分の蒐集品のことを語る時、彼の青い眼は新しい玩具《おもちや》をもらった子供の眼のように輝いた――カンダハールで部隊がロバーツ指揮官[*5]を囲んで勝利を叫んでいる

＊5　イギリス陸軍の名将フレデリック・ロバーツ（一八三二―一九一四）。第二次アフガン戦争の「カンダハールの戦い」（一八八〇）への言及。

時も、乱れることのなかったその眼が。

「さて、少佐」ルーパート・グラントは堂々とした、心のこもった調子で言いながら、椅子にどっかりと腰かけた。「一体どうしたんです?」

「黄色い三色菫。石炭置場。P・G・ノースオーヴァー」少佐は義憤に堪《た》えぬように、そう言った。

私たちは物問いたげに顔を見合わせた。ぼんやりとして目をつむっていたバジルは、ポツリと言った――

「失礼、何ですって?」

「事実は、だ。街路《とおり》、その、男、三色菫。塀の上。私に死。何か。途方もない」

私たちは穏やかに首を振った。少しずつ、主にバジル・グラントの一見眠たげな助けによって、断片的だが昂奮した少佐の話をつなぎ合わせた。読者に私たちのした苦労を味わせるのは論外であろうから、ブラウン少佐の物語を私自身の言葉で語ろうと思う。しかし、読者にはその場面を想像していただかなければならない。黒い服を着た小男は背筋をピンと伸ばして椅子に坐り、電報のような話し方でしゃべったが、この男の口から語られる世にも驚くべき物語を聴くうちに、バジルの眼はいつもの癖で恍惚状態に陥ったように閉じられ、ルーパートと私自身の眼は次第に真ん丸くなっていった。

ブラウン少佐は、前にも言った通り、成功した軍人だったが、けして熱狂的な軍人ではなかった。給料の半額を年金にもらって引退したのを悔やむどころか、喜んで人形の家そっくりの小綺麗な住宅を借り、余生を三色菫と薄いお茶に捧げた。小さな正面の玄関広間に（二つの新案シチュー鍋と下手な水彩画一枚と並べて）剣を掛け、剣の代わりに、小さな日あたりの良い庭で熊手を振りまわすようになった時、戦《いくさ》はもう終わったのだと考えると、彼は天国の港に入ったような心地がした。少佐はオランダ人に似て造園の趣味が小やかましく、花々を兵隊のように訓練したがる傾向があったかもしれない。傘を傘立てに三本ではなく四本さす――二本が一方を向いて、二本がべつの方を向くように――そういうことをする人間の一人で、自在画の画帳に描いた模様のように人生を見ていたのである。だから、もし誰かがこう言ったとしても、けして信じなかったろうし、理解すらしなかったただろう――あなたは御自分の煉瓦《れんが》造りの楽園から二、三ヤードと離れていないところで、恐ろしいジャングルでも、戦場の真ん中でも、見たことも夢想したこともないような、信じられない冒険の渦に巻き込まれますよ、と。

燦々《さんさん》と日射しの明るい、風の吹く午後、少佐はいつも通り非の打ちどころのない身形《みなり》をこしらえて、いつも通り散歩に出かけた。住宅が立ち並ぶ大通りからべつの大通りへ渡ろうとした時、偶然、何のためにあるのかわからぬような、一本の小路を通った。それは打ちつづく大邸宅の裏庭の塀沿いにあって、うつろな色褪せた様子をしているため、劇場の舞台裏にいるような奇妙な感じを抱かせる、そういう小路の一つだった。しかし、その情景は大方《おおかた》の人間の眼にはみすぼらしく陰鬱に映ったかもしれないが、少佐の眼には必ずしもそう見えなかった。粗い砂利《じゃり》を敷いた歩道をこちらへ向かって来るものがあり、それは少佐にとって、信心家が宗教的な行列を見るに等しいものだったからだ。魚のような青い眼をして、輝く赤い顎鬚《あごひげ》を生やした大柄な肥った男が手押し車を押していて、その車には比類ない花々が燃えるように輝いていたのだった。ほとんどありとあらゆる種類の素晴らしい標本があったが、中でも少佐の好きな三色菫が目立っていた。少佐は立ちどまり、男と話を始めて、それから値段の交渉にかかった。彼は蒐集家や他の狂人がするように、その男を扱った。すなわち入念に、一種の苦悶を受けつつ、極上の根をさほど良くない根の中から選び出し、あれを讃《ほ》め、これを貶《けな》し、ゾクゾクするほどの珍品から下等なつまらぬ物までを事細かに品定めして、それから全部買ったのである。男は手押し車を押して立ち去ろうとしたが、その時、ふと立ちどまって、少佐のそばに寄った。

「いいことを教えてさしあげやしょう」と男は言った。「もしこういう物に興味がおあんなさるなら、あの塀に登ってごらんなさい」

「塀にだって！」少佐は呆れて叫んだ。因習に縛られた彼の魂は、そのようなとんでもない不法侵入を考えただけで、怖気《おじけ》づいた。

「イングランド一立派な黄色い菫が、あすこの庭に植わってるんでさ」と誘惑者はささやいた。「あっしがお手伝いして、登らせてさしあげやしょう」

どうしてそんなことが起こったのかは、誰にもけしてわからぬだろうが、少佐の人生を貫《つらぬ》いて来た積極的な熱狂は、あらゆる否定的な伝統に勝利した。彼は物理的な手助けなど無用とばかりに楽々と跳び上がり、身体を揺らして、知らない庭の外れの塀の上に立っていた。一秒後、フロックコートの裾が膝にピシャリとあたり、自分は言うに言いがたい愚か者だと感じさせた。だが、次の瞬間、そんな些細《ささい》な感情は、この老兵が勇敢な放浪の全生涯のうちに感じた、もっとも凄まじい驚きの衝撃に呑み込まれてしまった。その庭を見下ろすと、芝生の真ん中の大きい花壇に、三色菫で巨大な模様がつくられていた。素晴らしい花々だったが、この時ばかりは、ブラウン少佐が見ていたのはその園芸的な面ではなかった。三色菫は巨大な大文字の形に配置されて、次の一文を形造っていたからである

――

「ブラウン少佐に死を」

白い頬髯《ほおひげ》を生やした親切そうな老人が花に水をやっていた。

ブラウンは素早く背後の路をふり返った。手押し車を押していた男は忽然《こつぜん》と姿を消していた。それから、彼はふたたび信じられぬ文字の入った芝生を見た。自分は気が狂ったのだとほかの人間なら考えたかもしれないが、ブラウンはそう考えなかった。ロマンティッ

クな御婦人方が彼のヴィクトリア十字勲章と軍功について大袈裟にしゃべり立てる時、彼は時々、自分は厭《いや》になるほど散文的な人間だと思うことがあったが、それと同じ理由から、自分が度し難いほど正気であることを知ったのである。もう一度言うが、べつの人間だったら、誰かがちょっと悪ふざけをしているのだと思ったかもしれないが、ブラウンはそれを容易に信じられなかった。彼は自分なりの経験から、その庭の造りが手の込んだ、金のかかるものであることを知っていた。誰にもせよ、悪ふざけをするために、金を湯水のごとく注《つ》ぎ込むなどということは、到底ありそうもないと思った。どうにも説明がつかないので、彼は聡明な人間がするように事実を事実として受け入れ、成り行きを見守った——脚が六本ある人間を前にしても、きっとそうしたことだろう。

この時、白い頬髯を生やしたがっしりした老人が面を上げ、その手から如雨露《じょうろ》が落ちて、渦巻く水を砂利道にほとばしらせた。

「一体全体、あんたは誰だね？」老人は激しく震えながら、喘ぐように言った。

「私はブラウン少佐です」行動する時はいつも冷静な、この人物は言った。

老人は怪魚のようにぽかんと口を開いた。しまいに荒々しい声で、途切れとぎれに言った。「下りて来い——下りて、こっちへ来い！」

「お心のままに」少佐はそう言うと、ひとっ跳びでそばの草の上に降り立ったが、シルクハットは乱れることもなかった。

老人はこちらに広い背中を向けて、家鴨《あひる》のようによたよたと家へ向かって走って行き、そのあとを少佐が足早に追いかけた。案内人は家の裏手の、薄暗いが、取りまわしの豪華な廊下を抜けて行き、やがて正面の部屋の戸口に到った。すると、老人はふり返り、今にも卒倒しそうな恐怖を浮かべた顔が、薄明かりの中にぼんやりと見えた。

「後生じゃから、ジャッカルどものことは口に出さんでくれ」

老人がそう言って扉を開けると、赤いランプの光がサッと流れ出した。老人はパタパタと足音を立てて、階下《した》へ駆けおりた。

少佐は帽子を手に持ち、豪勢な明るい部屋へ踏み込んだ。その部屋には到る所に赤銅製の品物があり、孔雀《くじゃく》色と紫の掛物がかかっていた。彼は世界中の誰よりも行儀が良い男で、狐につままれたような気持ちではあったけれども、その部屋にいるのが御婦人一人で、窓辺に腰かけ、外をながめているのを見ても、少しもまごついたりはしなかった。

「マダム」と軽くお辞儀をして、言った。「私はブラウン少佐です」

「お坐りなさい」と婦人は言ったが、ふり向きもしなかった。

彼女の姿は優雅で、緑の服をまとっていた。髪は炎のように赤く、ベッドフォード・パーク[*6]の住人のような雰囲気があった。「あなたは」と彼女は悲しげに言った。「あの厭な権利証書のことで、わたしを責めにいらしたのでしょう」

「わたしが参りましたのは、マダム」と少佐は言った。「どういうことなのかを知るためです。私の名前がなぜあなたのお庭に書いてあるのかを知るためです。それも、友好的な文句ではありませんからね」

彼は険《けわ》しい顔つきで言った。この一件に面食らっていたからである。あの静かな、日のあたる庭の情景が、驚くべき残忍な人物のひそんでいる枠組が、彼の心に及ぼした効果は筆舌《ひつぜつ》に尽くしがたい。夕暮の大気はひっそりとして、彼の研究した小さな花々が彼の血を求めて天に叫んでいる場所では、草が黄金色《きんいろ》に輝いていた。

「御存知でしょうが、私はふり返ってはならないのです」と婦人は言った。「毎日、午後は六時を打つまで、顔を通りに向けていなければならないんです」

何か奇妙な尋常《ただ》ならぬ霊感が働いて、散文的な軍人は、こうした突飛な謎を平然と受け入れる覚悟を固めた。

「もうすぐ六時です」と彼は言った。そう言うそばから、壁に掛かっている無細工な赤銅の時計が最初の時鐘を打った。六つ目が鳴り終わると、婦人はとび上がって少佐に顔を向けたが、その顔は彼が今まで見たこともないほど風変わりな、しかし、魅力的な顔――開けっぴろげだが、人を焦《じ》らす、小妖精《エルフ》の顔だった。

「待ちはじめてから、これで三年になります」と彼女は声を上げて言った。「今日で三周年です。こんなに待っておりますと、いっそあの恐ろしい事が起こって、何もかも終わりにしてくれればいいのにと思いますわ」

そう話しているうちに、突然、引き裂くような叫び声が静けさを破った。薄暗い街路（すでに黄昏時《たそがれどき》だった）の舗道を少し先へ行ったところから、しわがれた声が容赦のない明瞭さで、こう叫んだのだ──

「ブラウン少佐、ブラウン少佐、ジャッカルはどこに棲んでいる？」

ブラウンは決然と無言で行動する男だった。正面の戸口へつかつかと歩み寄り、外を見た。青い夕闇の垂れ込めた街路には人っ子一人おらず、街灯が一つ二つ、レモン色の火花を点《つ》けはじめていた。戻って来ると、緑衣の婦人は震えていた。

「おしまいです」彼女は唇をおののかせて、叫んだ。「私たち二人共死ぬのかもしれません。とにかく──」

しかし、そう言ううちにも、暗い街路からまた耳障りな声が、やはり恐ろしくはっきりと聞こえて来て、彼女の言葉を遮った。

「ブラウン少佐、ブラウン少佐、ジャッカルはどうして死んだ？」

ブラウンは戸口からどっととび出し、石段を駆け下りたが、今度も駄目だった。視界に人の姿はなく、街路は長いし空っぽだったから、叫んだ者が逃げ去ったはずはなかった。

＊6　かつてロンドン西郊のファッショナブルな住宅地として知られた。現在は大ロンドンの一部にあたる。

しばらくして客間へ戻って来た時、理性的な少佐もさすがに少し動揺していた。彼が戻って来るのとほとんど同時に、あの恐ろしい声がした――

「ブラウン少佐、ブラウン少佐、どこに――」

ブラウンはほとんどひとっ跳びに街路へ出たが、今度は間に合った――間に合って見えたものは、最初チラと見た瞬間は血が凍りつくような光景だった。胴体から切り離された首が鋪道に置いてあり、叫び声はそこから出て来るように思われたのだ。

蒼ざめた少佐は次の瞬間、悟った。それは歩道にある石炭の投げ入れ口から突き出した人間の頭だった。次の瞬間、そいつはまた消え、ブラウン少佐は婦人の方をふり返った。

「おたくの石炭置場はどこにあります?」そう言うと、廊下に踏み出した。

婦人は興奮した灰色の眼で少佐を見ると、言った。「まさか下りてゆかれるのではないでしょうね? お一人で、あの暗い穴蔵に――あの獣《けだもの》がいるのに?」

「こちらですか?」とブラウンはこたえて、台所の階段を三段ひとっ跳びに駆け下りた。真っ暗な穴蔵の扉を大きく開けて、中に踏み込むと、ポケットに手を入れてマッチを探した。そうして右手を使っている間に、暗闇から一対の大きなぬらぬらした手が――巨人のような体軀《たいく》とおぼしい男の両手がニューッと伸びて、少佐の頭の後ろをつかんだ。その手は力ずくで彼を押し倒そうとした――息詰まる暗闇の中で倒そうとしたのだ。暗闇は荒々しい運命を象徴するようだった。だが、少佐の頭は逆さになっても、しごく明晰で知的だった。大人しく圧力のなすがままになり、しまいに滑って、両手両膝を床に突きそうになった。その時、見えざる悪漢の膝が自分から一フィートも離れていないことに気づいたので、長くて骨張った器用な手の片方を伸ばし、相手の脚のふくらはぎをつかむと、グイと引っぱって地面から掬《すく》った。生ける巨漢《おおおとこ》は大きな音を立てて床に引っくり返った。男は立ち上がろうとしたが、ブラウンは猫のように上から飛びかかった。二人はグルグル転げまわった。男は大柄だったが、今は逃げたい一心のようだった。少佐をふり放して戸口へ行こうと、こちらへあちらへのたくったけれども、しつこい少佐はがっちりと相手の上衣の襟首をつかまえ、残る片手で梁《はり》からぶら下がっていた。しまいに、この雄牛のような男をつかまえているのが辛《つら》くなって来た。しんどくて、腕から手が千切《ちぎ》れるかとブラウンは思った。しかし、千切れたのはべつの物で、巨漢のぼんやりした肥った姿は少佐の手に破れた上衣を残し、地下室から消えた。それがこの冒険の唯一の成果であり、謎を解くための唯一の手がかりだった。というのも、上へ上がって、正面の戸口へ出ると、あの婦人も、豪華な掛物も、家の備品もことごとく消え失せていたからである。そこにはただ剝《む》き出しの床とのろを塗った壁があるだけだった。

「その女も、もちろん陰謀の一味だったんですね」ルーパートがうなずいて言った。ブラウン少佐は煉瓦のように赤くなって言った。「失礼だが、そうは思わん」

ルーパートは眉を吊り上げ、いっとき少佐をじっと見ていたが、何も言わなかった。次に口を開くと、こう尋ねた——

「上衣のポケットに何か入っていましたか？」

「銅貨で七ペンス半と、三ペンスの小銭がありました」少佐は注意深く言った。「紙巻煙草用のパイプと、一本の紐と、この手紙が」と言って、それをテーブルに置いた。手紙にはこう書いてあった——

「親愛なるブラヴァー様、
ブラウン少佐に関する手配に遅滞が生じていると聞いて、心外です。明日、手筈通り、彼を襲撃するよう取りはからっていただきたい。むろん、石炭置場です。
敬具
P・G・ノースオーヴァー」.

ルーパート・グラントは身をのり出し、鷹《たか》のような眼をして聴いていた。やがて口を挟んだ——

「差出し人の住所は書いてありますか？」

「いや——ああ、ありました！」ブラウンは手紙をチラと見て、こたえた。「タナーズ・コート十四番地、北《ノース》——」

ルーパートはとび上がって、両手を拍《う》ち合わせた。

「それなら、何でここにグズグズしているんです？　行ってみましょう。バジル、拳銃を貸してくれ」

バジルは恍惚状態に陥った人間のように、暖炉の燃えさしを見つめていた。返事をするまでにしばらくかかった――

「拳銃は必要ないと思うがね」

「そうかもしれない」ルーパートは毛皮のコートを着ながら、言った。「わからないものだからね。でも、犯罪者に会うために暗い路地を行くには――」

「犯罪者だと思うのかい？」と兄はたずねた。

ルーパートはカラカラと笑った。「無害な赤の他人を石炭置場で絞め殺せと手下に命令する――これは兄さんには、何の罪もない実験に思われるかもしれないが、しかし――」

「少佐を絞め殺すつもりだったと思うかい？」バジルはやはり遠い、単調な声でたずねた。「おいおい、眠ってたんじゃないかい。あの手紙をごらんよ」

「手紙なら見ているよ」狂った判事は冷静に言った。もっとも、事実としては、暖炉を見ていたのだが。「あの種の手紙は、犯罪者がべつの犯罪者に書くものじゃないと思うんだ」

「まったく、兄貴は大した奴だ」ルーパートはふり返り、輝く青い眼に笑いを浮かべて叫んだ。「あなたの方法は僕を仰天させる。だって、そこに手紙があるじゃないか。ちゃんと字が書いてあって、犯罪の命令を下している。あなたの言い方を借りれば、ネルソン記念柱[*7]は、まったくトラファルガー広場に建てられるような種類のものじゃないことになる」

バジル・グラントは一種の無言の笑いに全身を震わせたが、それ以外は身動きもしなかった。

「中々上手いことを言う」と彼は言った。「だが、もちろん、本当に必要なのはそんな理屈じゃない。霊的な雰囲気の問題なんだ。そいつは犯罪に関わる手紙じゃないよ」

「いや、そうだとも。わかりきってるじゃないか」相手は合理主義に身悶えて叫んだ。

「事実か」バジルは何か奇妙な遠い国の動物のことでも言うように、つぶやいた。「事実というものは何と真実を曇らせることだろう。僕は馬鹿かもしれないが——実際、頭がイカレているが——あの男を信じる気には一度もなれなかった——何という名前だっけね、あの素敵な物語に出て来る男は？——そう、シャーロック・ホームズだ。たしかに、細かい事柄はすべて何かを指し示している。しかし、たいてい間違ったことを示しているんだ。一本の木の何千という小枝のように、事実はあらゆる方向を指し示しているように僕には思える。統一性を持って上ってゆくのは、樹の生命だけだ——泉のように、星々に向かって湧き上がる緑の血だけだ」

「しかし、犯罪の指図じゃないなら、あの手紙は一体何だというんだ？」

「我々は永遠の中で好きなだけ脚を伸ばせる」と神秘家はこたえた。「それは無数の物であり得る。僕はそのどれも見ていない——ただ手紙を見ただけだ。僕はあれを見て断言するが、犯罪に関わるものじゃないよ」

「それじゃ、事の起こりは何なんだ？」

「まったく考えつかん」

「それなら、なぜ普通の説明を受け入れないんだ？」

バジルはしばらく石炭を睨《にら》みつづけ、謙虚に、苦心して考えをまとめているようだった。やがて言った——

「仮に、君が月光の中へ出て行くとしたまえ。静かな銀色の通りや広場を抜けて、しまいに記念碑が二つ三つある、ひらけた人気《ひとけ》のない場所に出たところ、バレエの踊子みたいな服を着た娘が、銀《しろがね》の微光の中で踊っているとしたまえ。ところが、よく見ると、それは変装した男だったとしたまえ。そしてもう一度見ると、キッチナー卿[*8]だったとしたまえ。その時、君はどう考える？」

＊7　トラファルガー広場の真ん中に、海軍提督ホレーショ・ネルソン（一七五八-一八〇五）の功績を記念するために立てられた記念碑。
＊8　ホレーショ・ハーバート・キッチナー（一八五〇-一九一六）。英国の陸軍元帥。

彼はちょっと間を入れて、また語りつづけた――

「通常の説明を採用することはできないだろう。変わった服を着ることの通常の説明は、それを着ると素敵に見えるということだ。キッチナー卿が通常の個人的な虚栄心からバレエの踊子みたいな服装《かっこう》をしたとは、君は思わないだろう。ひいお祖母さんからの遺伝で舞踏狂だということの方が、よほどありそうだと思うだろう――あるいは、降霊術の席で催眠術にかけられたとか、この試練を拒んだら殺すと秘密結社に脅迫されているとかいうことの方が。ベイデン＝ポウエル[*9]だったらわからないが、キッチナーならあり得ない。僕にはそう言える理由があるんだ。判事をしていた頃、キッチナーをよく知っていたからね。そのように僕はあの手紙も、犯罪者たちもよく知っている。あれは犯罪者の手紙ではない。すべて雰囲気にすぎないんだ」そう言って目を閉じ、額に手をあてた。

ルーパートと少佐は尊敬と同情の入りまじった気持ちで、彼を注視していた。ルーパートが言った――

「ともかく、僕は行くよ。そしてあなたの霊的な神秘が顕現《けんげん》するまでは、こう考えつづける――犯罪をそそのかす手紙を書く男は――それが現実に行われた、少なくとも、試みられた犯罪であるとすると――おそらく、道徳的な面で少し無頓着なのではないかとね。あの拳銃、持って行っていいかい？」

「いいとも」バジルは起き上がった。「だが、僕も一緒に行こう」そう言って、古い肩マントか外套のようなものを引っかけると、部屋の隅から仕込み杖を取った。

「あなたが！」ルーパートはいささか驚いて言った。「あなたはこの地球の表面にあるものを見るために窖《あなぐら》から出て行くことなんか、めったにないのに」

バジルは恐ろしく使い古した白い帽子を頭に被った。

「それはね」と彼は自分では意識しないが、たいそう傲慢に言った。「この地球の表面で起こる出来事の大半は、話を聞けばすぐに理解できる。見に行かないと、わからないなんてことはめったにないからさ」

彼は先頭に立って、紫色の闇の中へ入って行った。

私たち四人はけばけばしいランベスの街路を威勢良く歩き、ウェストミンスター橋を渡り、河岸通り《エンバンクメント》をタナーズ・コートのあるフリート街の一画に向かって、歩いて行った。背筋のしゃんとしたブラウン少佐の黒い後姿は、若いルーパート・グラントの猟犬のような屈《かが》み腰や翻《ひるがえ》るマントと好一対をなしていた。ルーパートは子供のようにはしゃいで、小説に出て来る探偵のありとあらゆる芝居がかったポーズをとった。数ある彼の美点のうちで一番の美点は、ロンドンの色彩と詩情を少年のように貪《むさぼ》り求めることだった。顔をぽかんと星空に向けて、そのうしろを歩いているバジルは、夢遊病患者のように見えた。

＊9　英国陸軍軍人（一八五七－一九四一）。ボーイスカウトの創始者。

タナーズ・コートの隅へ来ると、ルーパートは立ちどまり、危険を前にした喜びに武者震いして、大外套のポケットに入っているバジルの拳銃を握りしめた。

「それじゃ入ろうか?」と彼は言った。

「警察を呼ばないのか?」ブラウン少佐は鋭い視線で街路の向こうとこちらを見ながら、言った。

「さあ、どうだろう」ルーパートは眉根を寄せて答えた。「もちろん、まだ事情ははっきりしていない。まったく変ちきりんな事件だからね。しかし、こちらは三人もいるんだし——」

「僕なら警察は呼ばんね」バジルが妙な声で言った。ルーパートは彼にチラと目をやり、それからまじまじと見つめて言った。

「バジル。震えてるじゃないか。どうしたんだ——怖いのか?」

「寒いんだろう」少佐もバジルを見て、言った。彼が震えていることに疑いはなかった。

ルーパートは兄をジロジロ見つめていたが、しまいに悪態をついた。

「笑ってるんだな。あなたのその糞ろくでもない、声を出さずに身体を震わせる笑い方は知ってるぞ。一体全体、何が可笑《おか》しいんだ、バジル? 今僕たちは三人共、悪党の巣窟《そうくつ》から一ヤードと離れていないんだぞ——」

「しかし、僕なら警察は呼ばないよ」とバジルは言った。「我々英雄が四人もいれば、悪党の群にだって立ち向かえるからね」そう言って、依然《いぜん》謎めいた笑いに身を震わせた。

ルーパートは苛々《いらいら》してふり返ると、路地をさっさと大股に歩いて行き、私たちはそのあとに続いた。十四番地の扉の前に着くと、彼は手に持つ拳銃を光らせて、急にふり返った。

「近くへ来てくれ」彼は指揮官のような声で言った。「凶漢は今の今も逃走を試みているかもしれない。ドアをバタンと開けたら、すぐにとび込まなきゃいけないぞ」

我々四人はたちまち拱道《きょうどう》の下で身をすくめ、硬くなったが、老判事だけはべつで、可笑しそうに腹をよじらせていた。

「いいか」ルーパート・グラントは突然、蒼ざめた顔と燃える眼を肩ごしにこちらへふり向け、小声で言った。「僕が〝四《フォー》〟と言ったら、大急ぎでついて来てくれ。『取り押さえろ』と言ったら、相手が誰でも押さえつけるんだ。『止まれ』と言ったら、止まるんだ。もしも向こうが三人以上いるようなら、止まれと言う。もし襲いかかって来たら、弾が切れるまで拳銃をぶっ放《ぱな》してやる。バジル、仕込み杖をいつでも抜けるようにしておけよ。さあ——一、二、三、四!」

号令と共に扉を押し開け、私たちは侵略者のように部屋の中へとび込んだが、パッタリと立ち止まった。

その部屋は平凡な、備品が小綺麗にそなえつけてある事務所で、見たところ誰もいない様子だった。しかし、注意深く見直すと、呆れ果てるほど多数多様な整理棚や抽斗《ひきだし》のついている、非常に大きな机のうしろに、一人の小男が坐っていた。男は蠟《ろう》でかためた黒い口髭を生やして、ごく普通の事務員らしい様子をし、何か一生懸命に書いていた。やがて面を上げ、立ちどまった私たちを見た。

「ノックをなさいましたか？」男は愛想良くたずねた。「わたしが聞き逃したのなら、失礼いたしました。何か御用ですか？」

不安な沈黙があり、それから全員の合意によって、乱暴行為の被害者である少佐自身が進み出た。

その手には例の手紙を握り、いつになく険しい顔をしていた。

「あなたのお名前はP・G・ノースオーヴァーですか？」と少佐はたずねた。

「それが私の名前です」相手はにこやかにこたえた。

「私の思うに」ブラウン少佐は顔を次第に暗く紅潮させながら、言った。「この手紙を書いたのはあなたですな」彼は大きな音を立てて、握りしめた拳と共に、手紙を机の上に叩きつけた。ノースオーヴァーと呼ばれる男はいかにも興味ありげに手紙を見て、うなずいただけだった。

「さあ、君」少佐は荒い息をして言った。「それについて何と言うね？」

「何と言うとは、どういうことです」口髭の男は言った。

「私はブラウン少佐だ」彼《か》の紳士は厳しく言った。

ノースオーヴァーはうなずいた。「お会いできて光栄です。私に何がおっしゃりたいので？」

「おっしゃるだと！」少佐は突然、嵐のような勢いで叫んだ。「おい、このとんでもない事件に決着をつけたいんだ。私は――」

「かしこまりました」ノースオーヴァーは眉を少し吊り上げ、急に立ち上がった。「しばらくおかけになっていて下さい」そう言って、頭のすぐ上にある電鈴のボタンを押すと、向こうの部屋で鈴がチリンチリンと鳴った。少佐は勧められた椅子の背に手をかけたが、苛々《いらいら》して立ったまま、磨《みが》き上げた深靴で床を踏みしだいていた。

やがて、奥のガラス戸が開き、フロックコートを着た金髪の繊弱《ひよわ》そうな青年がこちらへ入って来た。

「ホプソン君」とノースオーヴァーが言った。「この方はブラウン少佐だ。今朝君に渡したあれをやってしまって、持って来てくれないか？」

「はい」とホプソン氏は言って、稲妻のごとく消え去った。

「失礼ですが、みなさん」言語道断なるノースオーヴァーはニコニコして言った。「ホプソンさんの用意ができるまで、仕事を続けさせていただきますよ。明日、休日で出かけますので、その前に片づけておかなければいけない帳簿があるんです。田舎の空気を吸うのは、良いものじゃありませんか？　ハッ、ハッ！」

犯罪者は子供のように笑ってペンを取り、そのあと沈黙が続いた。P・G・ノースオーヴァー氏には落ち着き払った忙しい沈黙が、他の者には怒り狂う沈黙が。しまいに、静寂の中でノースオーヴァー氏のペンがカリカリと字を書く音に扉を叩く音が混じり、それとほとんど同時に取っ手がまわって、ホプソン氏がまた無言で素早く入って来ると、社長の前に一枚の紙を置いて、ふたたび姿を消した。

机の男は、先の尖《とが》った口髭をしばらく引っぱったり捻《ねじ》ったりしながら、差し出された紙の上に目を走らせていた。一瞬、少し眉をひそめてペンを取り上げ、何か書き直しながらつぶやいた──「不注意だな」それから、また何事か計り知れないことを熟考しながら、もう一度読み返すと、やっとブラウンに手渡した。もう気も狂わんばかりになっていたブラウンの手は、椅子の背の上で指太鼓を打っていた。

「それでよろしいかと思いますが、少佐」とノースオーヴァー氏は素《そ》っ気なく言った。

少佐は紙を見た。よろしいと思ったかどうかはあとでおわかりになるが、そこに書いてあったのは、こういう内容だった。

ブラウン少佐殿へP・G・ノースオーヴァーより

	ポンド	シリング	ペンス
一月一日、手数料	五	六	〇

五月九日、三色菫二百株の鉢植と埋め込み代	二	○	○
手押し車と花代	○	十五	○
手押し車の男の賃金	○	五	○
家と庭の借賃一日分	一	○	○
孔雀色のカーテン、銅の飾り物等部屋の装飾代	三	○	○
ジェイムソン嬢給料	一	○	○
プラヴァー氏給料	一	○	○
合計	十四	六	○

以上、申し受けます。

「こりゃあ何だ」ブラウンは死んだように黙り込んでいたあと、両眼をだんだんとび出さんばかりに見開いて、言った。「一体全体、こりゃあ何だ?」

「何だ、ですと?」ノースオーヴァー氏は面白そうに眉を釣り上げながら、鸚鵡《おうむ》返しに言った。「もちろん、あなたへの請求書です」

「請求書だと!」少佐の頭の中では、諸々の考えが漠然と総崩れを起こしているようだった。「私への請求書。しかし、私と何の関係があるんだ？」

「それは」ノースオーヴァーはあからさまに笑いながら言った。「当然のことながら、あなたに支払っていただきたいのです」

彼がそう言った時、少佐の手はまだ椅子の背にかかっていた。少佐はほかにはほとんど身体を動かさなかったが、その椅子を片手で丸ごと宙に持ち上げると、ノースオーヴァーの頭めがけて投げつけた。

椅子の脚が机にぶつかったおかげで、ノースオーヴァーは拳を握りしめてとび上がった時、肘に打撃を受けただけだったが、私たち三人が一斉《いっせい》にとびかかって、押さえつけた。椅子はガタガタと音を立て、何もない床に転げ落ちた。

「放せ、破落戸《ごろつき》ども」と男は叫び声を上げた。「私を――」

「じっとしていろ」ルーパートが居丈高に言った。「ブラウン少佐の行為には弁解の余地がある。おまえが試みた忌まわしい犯罪は――」

「お客には完全な権利がある」ノースオーヴァーは興奮して言った。「請求が高すぎると思えば、異議を唱える権利がな。だが、くそったれめ、家具を投げつける権利はないぞ」

「客だの、請求が高すぎるだの、一体何を言ってるんだ？」ブラウン少佐は金切り声を上げた。鋭敏で女性的な彼の性格は、苦痛や危険に際してはびくともしなかったが、いつまでも人を苛々させる謎を前にして、ほとんどヒステリックになった。「おまえは何者だ？

俺はおまえなんかに会ったこともないし、その図々しい馬鹿げた勘定書も見たことがない。俺が知っているのは、おまえのろくでもない悪党どもの一人が、俺を窒息させようとしたことだ――」

「狂ってる」ノースオーヴァーは啞然《あぜん》としてあたりを見まわしながら、言った。「みんな、狂ってる。こんな奴らが四人組で歩きまわるとは知らなかった」

「言い逃れはもうたくさんだ」とルーパートが言った。「おまえの犯罪は露見したぞ。警察官が路地の隅に立っている。僕は私立探偵にすぎないが、警察官の代わりに言ってやろう。おまえの言うことは何であれ――」

「狂ってる」ノースオーヴァーはうんざりしたように繰り返した。

この時初めて、バジル・グラントの奇妙な眠たげな声が話に割り込んで来たのである。

「ブラウン少佐、一つ質問してもいいですか？」

少佐はますます当惑して、頭《こうべ》をめぐらした。

「あなたが？　いいですとも、グラントさん」

「教えてもらえませんか」神秘家は頭を屈め、額を下げて、仕込み杖で塵埃《ほこり》の中に模様を描きながら言った。「あなたが引っ越して来る前、お宅に住んでいた人の名前はわかりますか？」

この最後の、そして空《むな》しい的外れな言葉は、不幸な少佐の混乱をほんの少し増しただけだった。少佐は曖昧に答えた。

「うん、わかると思う。ガーニー何とかいう男だった――名前にハイフンがついていて――ガーニー＝ブラウンだ。そうだよ」

「家の住人はいつ変わったんです？」バジルはきっと面を上げた。その奇妙な眼はきらきらと光り輝いていた。

「先月越して来たんだ」と少佐は言った。

その言葉を聞くと、犯罪者ノースオーヴァーは突然大きな事務椅子に坐り込んで、ゲラゲラ笑いだした。

「何と！　こりゃあ傑作だ――あまりにも絶妙だ」彼は拳固《げんこ》で腕を叩きながら喘いだ。ノースオーヴァーは耳を聾《ろう》するような大声で笑い、バジル・グラントは声を立てずに笑っていた。わたしたちはただ、自分の頭がつむじ風の中の風見鶏のようにクルクルまわっているような気がした。

「いい加減にしろ、バジル」ルーパートが地団駄《じだんだ》を踏んで叫んだ。「僕が発狂して、君の形而上学的な脳味噌を拳銃で吹き飛ばすのが厭なら、どういうことなのか教えてくれ」

ノースオーヴァーが立ち上がった。

「私に説明させて下さい。その前に、ブラウン少佐、何とも言語道断な、許しがたい大間違いをしでかしまして、あなたを脅《おど》かし、御迷惑をおかけしたことを謝罪させて下さい。

その際、私がこう申すことをお許し下さるなら、あなたは驚くべき勇気と威厳をもって振舞われました。もちろん、勘定書のことは気になさる必要はございません。我々が損失を被《かぶ》ります」彼は紙を二つに破ると、紙屑籠に放り込んで、一礼した。

気の毒なブラウンの顔は、なおも心の動揺を絵に描いたようだった。「しかし、私にはまだ理解の糸口もつかめません。何の勘定なんです？　何が大間違いなんです？　損失とは何です？」

P・G・ノースオーヴァー氏は考え深げに、巧まざる威厳を大いに示して、部屋の中央に進み出た。よくよく見ると、彼にはねじれた口髭のほかにも目につく点がいくつかあった。ことに痩せて黄ばんだ顔は鷹に似て、苦労にやつれた知性が見られなくもなかった。彼はやがて、いきなり面を上げると、言った。

「ここがどこか御存知ですか、少佐？」

「知るものか」戦士は熱して言った。

「あなたがいらっしゃるのは」とノースオーヴァーはこたえた。「〝有限会社、冒険とロマンス代理店〟の事務所なのです」

「で、それは一体何なんだ？」ブラウンはぽかんとしてたずねた。

実業家は椅子の背から身をのり出し、黒い眼で相手の顔をじっと見つめた。

「少佐」と彼は言った。「あなたは閑《ひま》な午後に人気《ひとけ》のない街路を歩いている時、何かが起きてくれないかという強い欲求を感じたことはおありですか——何かというのは、ウォルト・ホイットマンの素晴らしい言葉を借りれば、『有害で恐るべき何か。ちっぽけで敬虔な生活から遠く離れた何か。証明されていない何か。恍惚としている何か。錨《いかり》から解き放たれ、自由に動いている何か』[*10]なんです。そんなことをお感じになったことがおありですか?」

「ありません」少佐はぶっきら棒に言った。

「それでは、もう少し詳しく御説明しなければいけませんな」ノースオーヴァー氏は嘆息《ためいき》をついて、言った。「〝冒険とロマンス代理店〟は現代の大きな欲求に応ずるために始まりました。当節、あちらでもこちらでも、会話でも文章の中でも、もっと大がかりな演《だ》し物の劇場を欲するという話が聞かれます——何か私たちを待ち伏せして、素敵に道に迷わせるものが欲しいという話を。さて、このように変化のある生活への欲求を感ずる人が、〝冒険とロマンス代理店〟に年間いくらか、あるいは三カ月にいくらかのお金を支払いますと、お返しに、〝冒険とロマンス代理店〟は、その方をあっと驚く奇怪な出来事で取り囲む役を引き受けるのです。人が玄関から出て行くと、興奮した道路掃除人が近づいて来て、あなたの命を狙う計画が企まれていると確信させます。辻馬車に乗れば、阿片窟に連れて行かれます。謎めいた電報を受けとったり、劇的な訪問を受けたりして、たちまち事件の渦に巻き込まれます。我が社では、まず絵に描いたような感動的な物語を、著名な小説家からなるスタッフの一人が書くのです——この連中は今も隣の部屋で一生懸命働いていますよ。ブラウン少佐、あなたの物語は（我が社のグリグズビー氏が構想したのですが）、とくに力強い、奇警なものだと思いますよ。あなたが結末を見とどけられなかったのが残念なくらいです。とんでもない間違いについては、もう御説明するまでもないでしょう。現在のお宅に以前住んでいらしたガーニー＝ブラウン氏は当代理店のお客様でしたが、そそっかしい事務員たちがハイフンの尊厳も軍人の階級の名誉も無視して、ブラウン少佐とガーニー＝ブラウン氏とを同一人物と思い込んだのです。そんなわけで、あなたは突然、他人の物語の真んまん中に放り込まれたのです」

「一体、どうしてそんな仕事が成り立つんです？」ルーパート・グラントが魅了されたように眼を輝かせてたずねた。

「私どもは高尚な仕事をしていると信じております」ノースオーヴァーは熱心に言った。「常々考えているのですが、現代生活に於けるもっとも嘆かわしい要素は、現代人があらゆる芸術的生活を椅子に坐った状態で求めなければならないという事実です。彼はもし宙に浮かんで妖精国へ飛んで行きたければ、本を読みます。戦場のまっただ中に突進したければ、本を読みます。天国に舞い上がって行きたければ、本を読みます。手摺を滑り下り

＊10　『草の葉』の中の詩「喜びの歌」の一節。

たければ、本を読みます。私どもは現代人にこうした幻想を与えますが、それと同時に運動もさせるのです。お客は塀から塀へ跳び移ったり、見知らぬ紳士と取っ組み合ったり、追っ手を逃れて街路を走ったりすることになって――すべて健康的で愉快な運動です。私どもが提供するのは、ロビン・フッドや遍歴の騎士たちの、あの偉大なる朝の世界――輝く空の下に、偉大なる遊戯が行われた時を垣間見ることです。私どもは現代人に幼年時代を還《かえ》します――人が物語を演じ、自分の英雄であることができて、踊ると同時に夢見ることのできる、あの神のごとき時を」

バジルは興味深げにノースオーヴァーを見つめていた。もっとも異様な心理学的発見をしたのは最後の最後だった。というのも、この小柄な実業家は、語り終えた時、偏執狂のギラギラ輝く眼をしていたからである。

ブラウン少佐はまったく単純素朴に、上機嫌でこの説明を受け入れた。

「いや、よくお考えになりましたな。たしかに見事な計画です。しかし、私の思うに――」彼はそう言うと、ちょっと言葉を切って、夢見るように窓の外を見やった。「思うに、私はそういうサービスは受けんでしょう。どういうわけか――人間は本物を、つまり――血や悲鳴を上げる男たちを見てしまうと――ささやかな家とささやかな趣味を持ちたいと感ずるのです。聖書にもありますからな、『なほ安息は遺《のこ》れり』[*11]と」

ノースオーヴァーはうなずいた。それから、少し間《ま》を置いて、言った。

「みなさん、私の名刺を差し上げましょう。ブラウン少佐はああいった御意見ですが、もしもほかのお方が、いつ何時《なんどき》でも、私と連絡をお取りになりたい場合は――」

「名刺をいただけると有難いが」少佐は例の唐突な、しかし礼儀正しい声で言った。「椅子代を払います」

〝ロマンスと冒険〟の代理人は笑って名刺を渡した。

それにはこう書いてあった。「P・G・ノースオーヴァー、文学士、C・Q・T。〝冒険とロマンス代理店〟、フリート街タナーズ・コート十四番地」

「『C・Q・T』というのは一体何です？」ルーパート・グラントが少佐の肩ごしに見て、たずねた。

「御存知ありませんか？」とノースオーヴァーはこたえた。「〝奇商クラブ〟のことを聞いたことはないのですか？」

「世の中には、我々が聞いたこともないおかしなものが、随分たくさんあるようですな」小柄な少佐は考え込むように言った。「こいつは何なのです？」

「〝奇商クラブ〟は、何か新しくて変わった金儲けの方法を発明した人間だけから成る結社です。私は古参会員の一人でした」

＊11　「ヘブル書」第四章九。

「あなたなら、それに値しますな」バジルはそう言うとニッコリして、大きな白い帽子を取った。その晩、彼が口を利いたのはそれが最後だった。

一同が出て行くと、〝冒険とロマンス〟の代理人は顔に妙な微笑を浮かべ、暖炉の火を踏んで消すと、机に鍵をかけた。「立派な奴だ、あの少佐は。人間、詩人らしいところが欠片《かけら》もなくても、本人が詩である可能性があるものだな。しかし、よりによって、あんな時計仕掛けみたいに几帳面な小男が、グリグズビーの物語の網に引っかかるとはなあ——そう言うと、静寂の中で、大きな声を立てて笑った。

その笑い声の反響《こだま》が消えて行ったちょうどその時、扉を鋭くノックする者があった。黒い口髭を生やした梟《ふくろう》のような頭がぬっと入って来て、哀願するような、そしていささか馬鹿げた質問をした。

「おや！　戻って来られたのですか、少佐？」ノースオーヴァー氏は驚いて、声を上げた。

「何か御用ですか？」

少佐は興奮し、足を引き摺って部屋に入って来た。

「恐ろしく馬鹿げたことだが」と彼は言った。「何か、これまで知らなかったものが、私の中で動きはじめたに違いない。だが、誓って言いますが、私は無性にあの結末を知りたくてならんのです」

「あの結末とは？」

「さよう」と少佐は言った。「『ジャッカル』です。それに権利証書と『ブラウン少佐に死を』です」

代理人は重々しい顔つきになったが、その眼は面白がっているようだった。

「まことに残念ですが、少佐、お頼みを聞いて差し上げるわけには参りませんな。私としては誰よりもあなたの願いにおこたえしたいのですが、当代理店の規則は厳格です。〝冒険〟は内輪の者だけの秘密であり、あなたは部外者です。私はこれ以上一インチたりともお教えすることを許されておりません。御理解いただけると思いますが——」

「私ほどに」とブラウンは言った。「規律ということを理解している者はありません。どうも有難う。ごきげんよう」

小男はこれを最後に引き退《さが》った。

＊　＊　＊　＊

少佐はジェイムソン嬢と結婚した。赤毛で緑の服を着たあの御婦人である。彼女は女優で、（他の多くの俳優と共に）〝ロマンス代理店〟に雇われていた。彼女が堅物《かたぶつ》の老兵と結婚したことは、物憂い知識人ぶった仲間内にいささかの動揺を引き起こした。彼女はごく静かにこう答えるのが常だった——私はノースオーヴァーがお膳立てした謎々遊びの中で、立派に振舞った男に何十人と会ったけれど、人殺しが忍んでいると本気で思っていながら、石炭置場へ下りて行った男は一人だけよ、と。

少佐と彼女は微笑ましい住宅で小鳥のように幸福《しあわせ》に暮らしているが、少佐は煙草を吸う癖がついた。それ以外は少しも変わらない――ただ、少佐は生来機敏で、女性的な献身に満ちた性質だが、時折、恍惚として心が留守になることがあるのだ。そんな時、妻は少佐の青い眼に浮かんだぽかんとした表情を見て、ひそかに微笑《わら》いながら、こう思う――ああ、この人はあの権利証書がどんな物で、なぜジャッカルのことを口にしてはいけなかったのかと考えているんだな、と。しかし、多くの軍人と同様、ブラウンは信心深い男なので、あの華麗なる冒険の続きは来世で知ることができると信じている。

赫々《かくかく》たる名声の傷《いた》ましき失墜

ある日、バジル・グラントと私は、おそらくこの世でもっともおしゃべりに適した場所――程良く空《す》いた路面電車の二階で、おしゃべりをしていた。丘の天辺《てっぺん》でおしゃべりをするのも素晴らしいが、飛び走る丘の天辺でおしゃべりをするのは、まさしく一個のお伽《とぎ》話《ばなし》である。

ロンドン北部の広大な、がらんとした空間が翔《と》び過ぎて行き、その速さ自体が、この場所のだだっ広《ぴろ》さとみすぼらしさを感じさせた。そこはいわば下卑《げび》た無限、むさ苦しい永遠であって、私たちはロンドンの貧困地区の恐怖を真に感じたのである。煽情的《せんじょうてき》な小説家たちはこの恐怖をまったく表現しそこねているか、書かないで済ましている。かれらは狭い街路や、汚ない家や、犯罪者と狂人、悪徳の巣窟《そうくつ》といった風にこの地域を描く。しかし、人は狭い街路や悪徳の巣窟に文明を期待しないし、秩序も期待しない。ところが、ここの恐ろしさは、文明があり、秩序があるが、その文明は病的状態を示すだけであり、秩序は単調さを示すだけだという事実にあるのだ。犯罪者でいっぱいの貧民街を通りながら、

「銅像が見えない。大聖堂が見あたらない」と言う者はあるまい。しかし、ここには公共の建物があった。もっとも、おおむね癲狂院だった。ここには銅像があった。ただ、主として鉄道技師と慈善家――民衆に対する共通の軽蔑で結ばれている、二つの薄汚れた階級の人間の銅像だった。ここには教会があった。ただ、それらは曖昧な誤《あやま》てる宗派、自由恋《アガペ》愛主義者《モナイト》[*1]やアーヴィング派[*2]の教会だった。何よりも、ここには幅広い通り、巨大な交差点、路面電車の線路、病院といった文明のまぎれもない象徴があった。しかし、ここではある意味で、次に何が見えるかけしてわからなかったけれども、見えないことがわかっているものが一つあった――それは何であれ真《こころ》に偉大で、中心的で、第一級のもの、人類が賞讃して来たものだった。そして我々の感情は、説明しがたい嫌悪感をおぼえながら、あの本当にごみごみしてひね曲がった街の入《はい》り口を、あの本当にみすぼらしい通りを、テムズ川とシティのまわりにある、あの正真正銘の貧民街を思い出したのである。そこならば、ひょっとするとどこかの街角で、レン[*3]のつくった大聖堂の大十字架が、通りを雷霆《らいてい》の如く打ちのめす可能性が残っている。

「しかし、このことも忘れちゃいかんよ」私がこうした見解を述べると、グラントは例の鈍重な、心ここにあらずといった調子で言った。「こうした秩序ある庶民の街の生活の下劣さそれ自体が、人間の魂の勝利を証明するものなんだ。僕も君と同意見だよ。かれらは野蛮状態よりもっと悪いものの中で生きなければならない、ということに同意見だ。かれらは第四流の文明の中で生きなければならない。それでも、ここにいる人々の大多数は善人だと僕は事実上確信している。そして善人であることは、船で世界一周するよりもずっと過激で大胆な冒険なんだ。おまけに――」

「続けてくれ」と私は言った。

返事はなかった。

「続けてくれよ」私は面を上げて言った。

バジル・グラントの大きな青い眼は顔から突き出し、私には注意を払っていなかった。路面電車の側面から街を見つめていたのである。

「どうしたんだ?」私もそちらを見やって、言った。

「じつに妙だ」グラントはしまいに険しい顔で言った。「僕が楽観論を言っている最中に、こうしてボロを出させられたのはね。ここに住む人々は善人だと言ったが、そら、あそこ

＊1　一九世紀の中頃、サマーセット州に「愛の家《アガペモニー》」という自由恋愛者の集団があった。その一派をさす。
＊2　一八三二年に、スコットランドの牧師エドワード・アーヴィング(一七九二-一八三四)を中心として起こった新宗派。
＊3　クリストファー・レン(一六三二-一七二三)。英国の建築家。聖ポール寺院などの名建築を残した。

にロンドン一の悪人がいる」

「どこにだい？」私はさらに前へ身をのり出して、たずねた。「どこに？」

「ああ、僕が言ったことも、まんざら間違っちゃいなかった」グラントはいつも大事な時に聞く者を腹立たせる、あの奇妙な、切れ目のない、眠たい調子で語りつづけた。「ここの人々はみんな善人だと言ったのは、まんざら間違っちゃいなかった。かれらは英雄だ。聖人だ。時々、スプーンの一本や二本盗むかもしれない。火掻き棒で女房の一人や二人ぶったたくかもしれない。だが、それでも聖者なんだ。天使なんだ。かれらは白衣をまとっている。翼や光輪を身につけている――少なくとも、あの男に較べれば」

「どの男なんだ？」私はまたそう言ったが、その時、私の眼はバジルの雄牛のような眼がギラギラと睨《にら》みつけている人物の姿をみとめた。

それは細身の、にやけた男で、足早に通りすぎる群衆の間をいとも素早く通り過ぎて行った。人が驚いて目をとめるようなところは何もなかったけれども、一度目をとめてしまうと、好奇心をそそられて観察してしまうようなものがあった。黒い山高帽を被っていたが、その帽子には、八〇年代の頽廃派の画家が[*4]、山高帽にエトルリアの壺のようなリズムをつけようとして考え出した不思議な曲線がふんだんにあった。髪は大部分白髪で、灰色から銀色へ次第に変わる美しさを心得た人間が、天性の直感でカールをつけさせていた。顔は卵形で、幾分東洋的だと私は思った。男は一双の黒々した口髭を生やしていた。

「あいつが何をしたんだ？」と私はたずねた。

「細かいことはよくわからないが」とグラントは言った。「あの男が年中犯している罪は、他人の不利益になることを企《たくら》もうという欲望なんだ。たぶん、あいつは計画を実行するために、何かペテンを仕掛けたことがあるだろう」

「何の計画だい？」と私はたずねた。「あいつのことを何でも知ってるなら、あいつがなぜイギリス一の悪人なのか、教えてくれないか？　名前は何というんだ？」

バジル・グラントはしばらく私をじっと見つめていた。

「僕の言った意味を誤解しているようだね。名前は知らない。今まであいつに会ったことは一度もないんだ」

「会ったことがないって！」私は一種の怒りをおぼえて、叫んだ。「それなら、イギリス一の悪人だと言うのは、一体全体どういう意味なんだ？」

「言った通りの意味さ」バジル・グラントは平然と言った。「あの男を見たとたんに、この界隈《かいわい》の人々が突然、輝くばかりの純真さをまとっているのがわかったんだ。この街に住む普通の貧乏人はみんな自分自身だけれども、あいつはあいつ自身ではない。この貧民街

＊4　イギリスに滞在したアメリカ人の画家J・M・ホイッスラー（一八三四－一九〇三）のことか。

の人間は、乞食も、掏摸《すり》も、与太者《よたもの》もみんな、ごく深い意味では善人であろうとしている

のがわかった。そして、あの男だけは悪人であろうとしていることがね」

「しかし、一度も会ったことがないなら――」

「いいから、あの顔を見たまえ」バジルは運転手をびっくりさせるような大声で叫んだ。

「あの眉を見ろ。あれは地獄の高慢をあらわしている。サタンはああいう慢心にかられて、

自分は古株の天使の一人にすぎないのに、天国さえもせせら笑ったんだ。あの口髭を見ろ。

あれは人類を侮辱するために生やしているんだ。神聖なる天の名に於《お》いて、あの髪の毛を

見ろ。神と星々の名に於いて、あの帽子を見ろ」

私は居心地が悪くなって、身体を揺すった。

「でも、結局」と私は言った。「君の言うことは非常に気まぐれだ――完全に不合理だ。

単なる事実を見てごらんよ。君はあの男に今まで一度も会ったことがない。君は――」

「ああ、単なる事実だって」彼は一種の絶望にかられて叫んだ。「単なる事実だって！

君は事実を信じるなんてことを本当に認めるのかい――いまだにそれほど迷信に沈湎《ちんめん》し、

暗い有史以前の祭壇にしがみついているのかい？　直接の印象を信用しないのかい？」

「うむ、直接の印象は事実ほど実際的じゃないだろうからね」

「馬鹿を言え。全世界は、直接の印象以外の何によってまわっているというんだ？　これ

よりも実際的なものがどこにある？　友よ、この世界の哲学は事実に基づいているかもし

れないが、実務は霊的な印象と雰囲気によってまわっているんだぜ。君はどういう理由で事務員を拒《こと》わったり、雇ったりする？　そいつの頭骸骨の寸法を取るかい？　そいつの生理的状態を手引き書で研究するかい？　一体、事実に基づいて何かをするかね？　しないだろう。君は仕事を助けてくれそうだと思って事務員を雇ったり——勘定台から金を盗みそうだと思って拒わったりするが、それはもっぱらあの直接の神秘な印象に基づいて、そうするんだ。僕はその印象に従って、完全な確信と誠実さをもって断言する——あの街路《とおり》を我々と並んで歩いている男はぺてん師で、ある種の悪党だとね」

「君はいつも上手《うま》いことを言うが」と私は言った。「もちろん、そんなことは今すぐ試験できないからね」

バジルはとび上がって突っ立つと、揺れる電車と一緒に揺れた。

「下りて、あとを尾《つ》けてみようじゃないか」と彼は言った。「僕の言った通りであることに、五ポンド賭ける」

私たちは慌てて走り、跳び下り、駆け出し、電車から下りていた。

湾曲した銀髪と湾曲した東洋風の顔を持つ男は、長い素晴らしいフロックコートをうしろになびかせて、しばらく道を歩き続けた。それから急にけばけばしい大通りから外《そ》れて、街灯もろくにない路地へもぐり込んだ。私たちは無言であとから路地へ曲がった。

「あの種の男がこんなところへ曲がるとは、変だね」と私は言った。

「どういう種類の男が、だい？」と私の友人はたずねた。

「うむ」と私は言った。「ああいう表情をして、ああいう深靴を履《は》いた男さ。じつを言うと、そもそも、あいつがこんな界隈にいるのがちょっと変だと思ったんだ」

「うん、そうとも」バジルはそう言ったきり、口をつぐんだ。

私たちは前方をしっかり見ながら、歩き続けた。黒鳥に似た優美な姿は、時折ガス灯の明かりを背にして、影絵のような輪郭を急に浮き上がらせては、また夜の闇に呑み込まれた。街灯と街灯の間隔は遠く、ロンドン中に霧が深まって来た。だから、私たちは足取りを速め、街灯柱の間を機械的に進んで行ったが、バジルが突然、手綱《たづな》を引かれた馬のようにピタリと立ちどまった。私も立ちどまった。私たちはもう少しであの男にぶつかりそうだったのである。私たちの目の前にある黒々とした闇の大部分は、彼の身体の闇だった。

私は初め、男がこちらをふり向いたのかと思った。しかし、私たちは一ヤードと離れていなかったのに、男は私たちがいることに気づかなかった。彼は暗いねじけた通りにある、低くて薄汚ない扉を四回叩いた。扉はゆっくりと開き、ガスの明かりが闇を截《た》った。私たちは一生懸命に耳を澄ましたが、会見はこれ以上ないほど短く、簡単で、不可解なものだった。優雅なる我らが友は何か紙切れか名刺のような物を差し出して、言った。

「今すぐだ。辻馬車《キャブ》を拾え」

重くて野太い声が中から言った。

「承知した」

カチャリという音がして、私たちはふたたび闇につつまれ、スタスタと歩く見知らぬ男のあとをスタスタ歩き、街灯にかろうじて助けられながら、迷宮のようなロンドンの細路を縫って行った。時刻はまだ五時だったが、冬で霧が出ていたため、まるで真夜中のようだった。

「パテント革の靴でこんな散歩をするとは、まったく尋常じゃない」と私は言った。

「わからないが」バジルは謙虚に言った。「バークレー広場へ向かって行く道だな」

私はテクテク歩きながら薄暗い大気の中で目を凝《こ》らし、言われた方角をたしかめようとした。十分間ばかり迷い、疑っていたが、しまいに友の言ったことが正しいとわかった。私たちはお洒落《しゃれ》なロンドンの、あの大きな荒涼たる場所に近づいていたのだ――そこは荒涼たる庶民の街より荒涼としていると認めざるを得なかった。

「こいつはまったく尋常じゃない！」バークレー広場へさしかかった時、バジル・グラントが言った。

「何が尋常じゃないんだね？」と私はたずねた。「君はまったく自然なことだと言ったと思うが」

「あいつが」とバジルは答えた。「汚ならしい通りを歩くのは、不思議とは思わない。バークレー広場へ行っても、不思議とは思わない。しかし、あいつが世にも善良な人間の家へ行くのは、こりゃ不思議千万だ」

「世にも善良な人間って?」私は苛立って、たずねた。

「時間《とき》の働きというのは奇態《きたい》なものだ」バジルは少しも動じずに的外れなことを言った。「僕が判事で著名人だった昔を忘れてしまったと言ったら、嘘になる。今も良く憶えてはいるが、それは小説を憶えているような感じなんだ。しかし、十五年前、僕はこの広場をローズベリー卿*5に負けないくらい良く知っていたし、今、ボーモント家の石段を上がって行くあの男よりはよっぽど良く知っていたんだ」

「ボーモントって誰なんだね?」私は焦《じ》れったくなって訊いた。

「非の打ちどころのない善い《い》奴さ。フォックスウッドのボーモント卿——この名前を知らないかね?まったく裏表のない誠実な男で、貴族だが土工よりもよく働くし、社会主義者で、無政府主義者で、その他何やかやなんだ。ともかく、彼は哲学者で博愛家だ。たしかに彼には、間違いなく頭がイカレているというささやかな欠点がある。進歩と新奇さを崇拝する今時《いまどき》の風潮から来る本当の欠点があって、奇妙で新しい物なら何でも進歩前進に違いないと考えるんだ。君がもし彼のところへ行って、君のお祖母《ばあ》さんを食べるつもりだと言っても、彼は賛成するだろう——衛生的で公共的な理由から、火葬の安価な代案として提唱する限りはね。進歩の速度が十分である限り、星空へ向かって進んでいようが悪魔に向かって進んでいようが、彼にはどうでもいいことに思われる。そんなわけで、彼の家には、流行の先端を行く文学者や政治家があとからあとから押しかけて来るんだ。ロマンティックだから髪を長く伸ばす男たち、医学的に良いから髪を短く刈る男たち、手の運動をするためだけに、足で歩く男たち、足が疲れるといけないから手で歩く男たち——そういった連中がね。しかし、彼のサロンにいる連中は、おおむね彼自身と同じように馬鹿だけれども、十中八九、彼自身と同じような善人なんだ。僕は犯罪者があそこへ入ってゆくのを見て、本当にびっくりしてる」

「君ね」私は舗道を足で踏み鳴らしながら、断固として言った。「この一件の真相はすこぶる単純だよ。君自身の雄弁な言葉を使うと、君には、君の頭がイカレているという『ささやかな欠点』がある。君は天下の往来でまるきり赤の他人を見て、そいつの眉毛について、ある種の理論を展開させる。それから、その人物が正直な人間の玄関に入って行くからといって、押込み強盗扱いする。こりゃあ、あまりにも法外だ。バジル、そうだと認めて、僕と一緒に帰るんだ。この人たちはまだお茶を飲んでいるが、僕らの家までは遠いから、晩飯に遅れてしまうよ」

＊5　第五代ローズベリー伯爵アーチボルド・フィリップ・プリムローズ（一八四七－一九二九）。自由党の政治家で、一八九四年から一八九五年にかけて首相となった。一八八九年には、ロンドン州議会の議長を務めた。

バジルの眼は夕闇の中でランプのように光っていた。

「僕は」と彼は言った。「年老《と》って、もう虚栄心なんかなくなったかと思っていた」

「今度は何がやりたいんだ？」と私は叫んだ。

「僕がやりたいのは」とバジルは大きな声で言った。「女の子が新しい服を着た時にしたがることだ。男の子が、監督生と罵《ののし》り合う時にしたがることだ――つまり、自分がどんなに立派な奴かってことを誰かに見せたいんだ。あの男に関して、僕が言ったことは正しい。君が頭に帽子を被っているのと同じくらい、たしかなことだ。試験できないと言うが、できるとも。君を昔馴染みのボーモントに会わせよう。あいつは知り合って愉快な男だ」

「君、ほんとに――？」と私は言いかけた。

「人の家を訪ねて行く格好じゃないことは、詫びを言うさ」バジルは冷静にそう言って、霧に煙《けぶ》る大きな広場を横切り、暗い石段を上がって呼鈴を鳴らした。

黒と白の服を着たいかめしい顔つきの召使いが、私たちのために扉を開けた。私の友達の名前を聞くと、たちまち驚きから尊敬の態度に変わった。私たちはすみやかに家の中に招じ入れられたが、この家の主人――赤々と輝く顔をした白髪の人物――がそれよりもっとすみやかに出て来て、私たちを迎えた。

「やあ、なつかしい」主人はそう言ってバジルの手を握り、何度も何度も振った。「もう何年も会ってないな。君は――その――」と口ごもって、少しあてずっぽうに言った。

「田舎にいたのかね？」

「ずっとじゃないよ」バジルは微笑んで答えた。「大分以前に判事は辞めて、すっぱり引退して暮らしてるんだ、フィリップ君。都合の悪い時に来たんでなければいいが」

「都合の悪い時だって」熱烈な紳士は声を上げた。「それどころか、またとない良い時に来てくれたよ。ここに誰が来ているか、知ってるかね？」

「さあ、知らないな」グラントは重々《おもおも》しく答えた。そう言っている間にも、奥の部屋からどっと笑い声が聞こえて来た。

「バジル」とボーモント卿は厳《おごそ》かに言った。「ウィンポールが来てるんだよ」

「ウィンポールって誰なんだね？」

「バジル」相手は声を上げた。「君、本当に田舎にいたんだな。地球の反対側にいたんだろう。ウィンポールが誰かって？　それなら、シェイクスピアって誰なんだね？」

「シェイクスピアが誰かという点に関して言えば」我が友は落ち着いて答えた。「僕の見解は、ベーコンではなかったということの域を出ないね。[*6]むしろ、スコットランド女王メアリーだったという方が、あり得るよ。しかし、ウィンポールが誰かということに関して

＊6　シェイクスピアの正体は同時代の哲学者フランシス・ベーコン（一五六一－一六二六）だという説があった。

言えば——」彼の言葉はまた、中から聞こえて来る笑い声に引き裂かれた。

「ウィンポール！」ボーモント卿は恍惚《うっとり》として、叫んだ。「あの偉大な現代の才人のことを聞いていないのかい？　いいかね、彼は会話を芸術に変えた、とは言わん——たぶん、会話は昔からつねに芸術だったんだろうからね——そうではなくて、ミケランジェロの彫刻みたいな偉大な芸術——傑作ばかりの芸術に変えたんだ。あの男の当意即妙の応酬《うけこたえ》といったら、君、銃でパンと撃《う》ったみたいに人を愕然《がくぜん》とさせるんだぜ。二の句が継げないのさ。まったく——」

ふたたび部屋からにぎやかな大声が聞こえて来て、ほとんどその声と一緒に、大柄な老紳士が息を切らし、卒中でも起こしそうな様子で、家の奥から私たちの立っている玄関広間へ出て来た。

「おやおや、どうした」ボーモント卿が慌てて言った。

「いいか、ボーモント、もう我慢できんぞ」恰幅《かっぷく》の良い老紳士は怒りを爆発させた。「あんな安っぽい言葉の山師に馬鹿にされるのは我慢できん。笑い物にされてたまるものか。私は——」

「まあ、まあ」ボーモントは熱をこめて言った。「紹介させてくれたまえ。こちらはグラント判事——いや、グラントさんだ。バジル、サー・ウォルター・チャムリーの名前は聞いたことがあると思うが」

「聞いたことのない者なんて、いるかね？」グラントはそう言って、立派な老准男爵にお辞儀をしながら、いくらか好奇心がありそうに相手をチラリと見た。准男爵は一時の怒りにひどく興奮していたが、それでも、その顔や身体のふくよかだが気高い輪郭や、華やかな見事な白髪、ローマ人のような段鼻、肥満しているががっしりした体格、二重ではあるが貴族的な顎は隠れもなかった。彼は素晴らしく上品な紳士だった。あまりにも紳士なので、怒りというまぎれもない弱点を見せても、威厳をすっかり失いはしないほどだった。あまりにも紳士なので、失態でさえも育ちの良さを感じさせたのだ。

「ボーモント、私は言葉に言い尽くせぬほど心苦しいんだ」彼は突《つ》っ慳貪《けんどん》に言った。「こちらの紳士方に礼を欠くことがね――とりわけ、ここは君の家なんだから。しかし、君も、このお二方もまったく関係ない。問題はあのけばけばしい、素姓《すじょう》のわからん生意気小僧なんだ――」

この時、ねじれた赤い口髭を生やした青年が、陰気な面持ちで奥の部屋から出て来た。彼も中で行われている知的な饗宴をあまり楽しんでいない様子だった。

「僕の友人で秘書でもあるドラモンド氏は憶えていると思うが」ボーモント卿はグラントの方をふり向いて、言った。「もっとも、君は学校生徒だった頃の彼しか憶えていないかもしれんがね」

「良く憶えているとも」とグラントは言った。ドラモンド氏は嬉しそうに敬意をこめて握手したが、眉根はまだ曇らせていた。彼はサー・ウォルター・チャムリーの方をふり向くと、言った。

「サー・ウォルター、ボーモントの奥様から、まだお帰りにならないでくださいとの御伝言です。まだろくにお目にかかってもいないのですから、とのことでございます」

老紳士は今も真っ赤な顔をしていたが、一時《いっとき》内心の葛藤があった。やがて礼儀正しさが勝利を収め、わたしたちに会釈をして、「ボーモント夫人が……もちろん、御婦人の願いとあらば」などとぶつぶつ言いながら、青年に跟《つ》いて、サロンに戻った。ところが、そちらに入って三十秒と経たないうちにふたたび大爆笑が起こり、（おそらく）彼がまたもやっつけられたことを告げた。

「もちろん、親愛なるチャムリー老は大目に見るよ」ボーモントは私たちがコートを脱ぐのを手伝いながら、言った。「彼には現代精神がないんだからね」

「現代精神とは何だね？」とグラントがたずねた。

「そりゃあ、開明的で進歩的な――そして人生の事実に真剣に向き合う心だよ」この時、中からまたどっと哄笑が聞こえて来た。

「僕がこんなことを訊くのはね」とバジルは言った。「現代精神を持っている君の友達で、最後に会った二人のうち、一人は魚を食べることは間違っていると考えていたし、もう一人は、人間を食べることが正しいと考えていたからなのさ。失礼――たしか、こっちだったね」

「まったく」ボーモント卿は一種の熱っぽい歓待ぶりで、私たちのあとから小走りに奥へ入って来て、言った。「君はどっちの味方なんだか、とんとわからないよ。いかにも自由主義者のように見える時もあるし、しごく反動的に見える時もある。君は現代人なのかね、バジル？」

「いいや」バジルは大きな声で愉快そうに言うと、混み合った客間に入った。

そのために少し人々の関心が外《そ》れ、ある者はその午後初めて、東洋人のような顔をした痩せた人物から目を離した。それでも、二人だけはやはり彼を見ていた。一人はこの家の令嬢ミュリエル・ボーモントで、大きな菫《すみれ》色の眼で彼を見つめていたが、その眼差しには、上流階級の女性が面白くて刺激的な言葉を求める、強い、恐るべき渇望が浮かんでいた。もう一人はサー・ウォルター・チャムリーで、静かに、不機嫌に、しかしこの男を窓から放り出したいという気持ちをあらわに示して、見つめていた。

男はそこに坐っていた――安楽椅子に腰かけるというよりも、とぐろを巻いていた。その滑らかな四肢の曲線から銀色の巻毛に至るまで、あらゆるものが人間のまっすぐな手足というより、大蛇のとぐろを思わせた――それは間違いなく、私たちがロンドン北部を歩いているのを見た、あの素晴らしき蛇紳士で、度《たび》重なる勝利に目を輝やかせていた。

「私に理解できませんのはね、ウィンポールさん」ミュリエル・ボーモントは夢中になって言った。「あなたがどうしてこういう事をそんなに易々《やすやす》と扱われるかなんです。あなたはとても哲学的で、それなのにすごく可笑《おか》しなことをおっしゃいます。私がもしそんなことを考えたら、きっと思いついたそのとたんに笑い出してしまいますわ」

「私もボーモント嬢と同感だ」サー・ウォルターが突然、憤激を爆発させて言った。「私がもしそんなくだらん事を考えついたら、とても冷静を保てんだろう」

「冷静を保てん、ですって」ウィンポール氏が驚いたように叫んだ。「いや、保って下さいよ！　大英博物館に保存して下さい！」

　誰もが大笑いした――人は笑う用意が出来てしまうと、いつでも笑えるものだ――サー・ウォルターは突然紫色になり、大声で怒鳴った。

「誰に向かって口を利いているか、わかっているのか？　ろくでもない寝言を抜かしおって」

「私はね」と男はこたえた。「寝言を言う時は必ず、相手を確かめてから言うんです」

　グラントは部屋を横切り、赤い口髭を生やした秘書の肩をポンと叩いた。その紳士は壁に寄りかかって、この場面をいかにも憂鬱そうにじっと見守っていた。だが、私の思うに、ウィンポールの言葉をうっとりと聞いている当家の令嬢にその視線が向く時、憂鬱はとくに深まるようであった。

「ちょっと外で話したいんだが、いいかね、ドラモンド？」とグラントは言った。「仕事のことだ。ボーモント夫人も許してくれるだろう」

私もグラントに頼まれて、大いに訝《いぶか》りながら、この奇妙な部屋の外での会見について行った。私たちは急に立ちどまり、玄関広間の外側にある一種の控えの間に入った。

「ドラモンド」バジルは鋭く言った。「今日の午後、ここには大勢善人がいるし、大勢の正気な人間がいる。不幸なことに一種の偶然から、善人はみんな狂っているし、正気の人間はみな悪人だ。私の知る限り、ここにいる人間のうちで、正直で、しかも多少の常識を弁《わきま》えているのは君だけだ。ウィンポールのことをどう思う？」

秘書ドラモンド氏の顔は青白く、髪の毛は赤かったが、これを聞くと、その顔は突然口髭と同じように赤くなった。

「私には公平に判断できません」と秘書は言った。

「なぜだね？」とグラントはたずねた。

「あいつを地獄のように憎んでいるからです」相手は長い間《ま》をおいてから、激しい口調で言った。

グラントも私も、その理由を訊くまでもなく知っていた。ボーモント嬢とあの見知らぬ男に向ける彼の眼差しが十分に物語っていたからだ。グラントは静かに言った。

「しかし、その前――あの男を憎むようになる前、あいつのことをどう思ったかね？」

「それは非常に難問です」と青年は言ったが、その声は澄んだ鐘の音のように、彼が正直者であることを告げていた。「あの人について今感じることをそのままお話ししても、それは信用できません。初対面の時は魅力的だと思ったと言いたいのですが、事実は、やはりそうじゃありませんでした。私が彼を憎むのは、これは個人的なことです。しかし、あの男は良くないとも思うんです——本当に、個人的な感情とは全然べつに、良くないと思います。最初に来た時はたしかに今よりもずっと物静かでしたが、それでも好きではありませんでした。いわば、のぼせ上がっているところが気に入らなかったんです。それから、あの愉快なサー・ウォルター・チャムリー老が私たちに紹介されますと、あの男は薄っぺらな才智をひけらかして、今みたいに御老体を凹《へこ》ませはじめたんです。その時、性質《たち》の悪い奴に違いないと思いました。お年寄りで親切な人と喧嘩するのは悪いことに決まっています。しかも、あいつはまるで老齢と優しさを憎んででもいるかのように、あの気の毒な人をこっぴどく、絶間《たえま》なしにやっつけるんです。もしもお入り用なら、偏見を持った証人の差し出す証拠をお取りなさい。私があの男を憎むのは、ある人が奴を讃《ほ》め称《たた》えるからであることを認めます。けれども、それとはべつに、サー・ウォルター老があいつを憎む故《ゆえ》に、あの男を憎むべきだと信じるのです」

この言葉を聞いて、私は心から青年を偉いと思い、可哀想にも思った。可哀想というのは、ボーモント嬢を熱愛しているが、明らかに希望がなさそうだからであり、偉いというのは、ウィンポールのことを直截《ちょくせつ》に、写実的に述べたからである。それでも残念だったのは、青年があの男にこれほどの敵意を示していたことで、私はそれが彼の個人的感情――自分自身には立派に隠しているが――から来るものだと思わずにいられなかった。

こうしたことを考えていると、グラントが私の耳に、人の瞑想を遮《さえぎ》るあらゆる言葉のうちで、たぶん、もっとも驚くべき言葉をささやいた。

「神の名に於いて、ここを立ち去ろう」

この奇妙な老人が、いかに奇妙なやり方で私に影響を及ぼしたのかは、いまだによくわからない。わかっているのはただ、彼が何らかの理由で私に強い影響を与えたことで、それ故、数分と経たないうちに私は外の街路《とおり》にいた。

「こいつはろくでもないが、面白い事件だぜ」と彼は言った。

「何がだい？」私はあけすけにたずねた。

「この一件だよ。ねえ、聴いてくれ。ボーモント卿夫妻が、まさに今晩開かれる大晩餐会に君と僕を招待したんだ。その会では、ウィンポール氏が大いに輝くだろうというわけだ。さて、そのことには大して異常な点は何もない。異常なのは、僕らが出席しないことだ」

「しかしね」と私は言った。「もう六時だよ。家に帰って着替えができるかどうか怪しいな。僕らが行かなくても、何も異常なことはないと思うが」

「そうかい？」とグラント。「賭けてもいいが、僕らがその代わりにやることには、異常なものがあるだろうよ」

私はポカンとして彼を見た。

「その代わりにやる？　代わりに何をやるっていうんだ？」

「うむ」と彼は言った。「冬の晩に、この家の外で一時間か二時間待っているんだ。許してくれたまえ。これはみんな僕の虚栄心さ。自分が正しいことを示したいだけなんだ。君、この葉巻の助けがあれば、サー・ウォルター・チャムリーと謎めいたウィンポールがこの家から出て来るまで待てるかい？」

「いいとも」と私は言った。「でも、どっちが先に出て来るかわからないな。君には何か考えがあるのかい？」

「ないよ。サー・ウォルターがカンカンになって先にとび出して来るかもしれない。あるいは、ウィンポール氏が先に出て来るかもしれない――最後の警句は花火みたいに、背後《うしろ》に投げて行くべきだと感じてね。それにサー・ウォルターは、ウィンポール氏の性格を分析するため、しばらくあとに残るかもしれない。だが、二人共、そこそこのところで辞去しなければならんだろう。服を着替えて、今夜ここの晩餐会に戻って来なければならんからね」

そう言っているうちに、大きな邸の外玄関から甲高い口笛が二つ聞こえて、暗い辻馬車を暗い玄関へ呼び込んだ。すると、まったく思いもかけなかったことが起こった。ウィンポール氏とサー・ウォルター・チャムリーが同時に出て来たのだ。

無理からぬことだが、二人は一、二秒、ばつが悪そうに向かい合っていた。やがて、ある種の優しさ――おそらく、両者の心の底にあるものなのだろう――から、サー・ウォルターが微笑んで言った。「今夜は霧が深い。私の辻馬車に乗りたまえ」

数を二十と数える間もないうちに、辻馬車は二人を乗せて、通りをガタゴト走り出した。そして二十三と数える閑もないうちに、グラントが私の耳にささやいた。

「あの辻馬車を走って追いかけるんだ。狂犬から逃げるみたいに走れ――走るんだ」

私たちは辻馬車を見失わないようにしながら、暗い迷路のような街路をひたすら走りつづけた。一体なぜ走っているのかは神のみぞ知るだ、ともかく俺たちは一生懸命走っている、と私は思った。幸い、そう遠くまでは行かなかった。辻馬車は道が二叉に分かれるところで止まり、サー・ウォルターが御者に金を払った。御者は金持ちの中でも気前の良い客に出会って、ほくほくしながら馬車を走らせて去った。それから二人の男は話し合った。大きな侮辱を与えたり受けたりしたあとにするような話し合い、すなわち、赦《ゆる》しか決闘のどちらかに到る話し合い――少なくとも、十ヤード離れた場所から見ている私たちには、そのように思われた。やがて二人の男は心から握手をして、一人は一方の道を、もう一人はべつの道を歩いて行った。

バジルは、めったにやらない仕草だが、両腕を前へ投げ出した。

「あの悪党を追いかけろ」と彼は叫んだ。「今すぐあいつをつかまえよう」

私たちはひらけた場所を駆け抜けて、二本の道の分かれ目へ来た。

「待て！」私はグラントに向かって、荒っぽく叫んだ。「道を間違ってるぞ」

彼は走りつづけた。

「阿呆！」と私は怒鳴った。「あそこにいるのはサー・ウォルターだ。ウィンポールは逃げちまったぞ。今頃、あっちの道を半マイルも行っているぞ。君は間違えてるんだ……聞こえないのか？　こっちの道じゃないんだ！」

「そうは思わん」グラントは息を切らしながらそう言って、走りつづけた。

「でも、顔を見たんだ」と私は叫んだ。「前を見ろ。あれがウィンポールかい？　あの老人じゃないか。……君は何をしてるんだ？　我々はどうすればいいんだ？」

「走りつづけるのさ」とグラントは言った。

走ってゆくと、やがてあのもったいぶった老准男爵の広い背中に近づいた。彼の白い頰《ほお》髯《ひげ》はまばらな街灯の光を浴びるたびに、銀色に光った。私はすっかり頭が混乱していた。何一つ把握できなかったからだ。

「チャーリー」とバジルが声を嗄《か》らして言った。「ほんの四分間だけ、僕の良識を信じられるかね？」

「もちろんだとも」私は息を切らしながら、言った。

「それなら、手を貸してくれ。前にいるあの男をつかまえて、押さえ込むんだ。僕が『今だ』と言ったら、すぐやるんだぞ。今だ！」

　私たちはサー・ウォルター・チャムリーに跳びかかって、この恰幅の良い老紳士を仰向《あおむ》けに転がした。彼は賞讃に足る剛勇のほどを見せて闘ったが、私たちはきつく押さえつけた。理由は私には少しもわからなかった。彼は素晴らしい、血気盛んな活力を持っていた。殴り合いができないと見ると、足で蹴り、私たちは彼を縛り上げた。蹴ることができなくなると、今度はわめいたので、猿轡《さるぐつわ》を嚙ませた。それから、バジルの指図に従い、街路のわきの小さな袋小路へ彼を引き摺り込んで、待った。先程も言った通り、その理由は皆目見当がつかなかった。

「不快な思いをさせてすまない」暗闇の中からバジルが冷静に言った。「しかし、ここで約束しているんでね」

「約束！」私はポカンとして言った。

「そうだ」彼は猿轡を嚙まされて地面に転がっている、逆上した老貴族を冷静に見やった。老人の眼は顔からとび出さんばかりで、怒りのやり場もないという風だった。「ここでたいそう立派な青年と会う約束をした。彼の名前はジャスパー・ドラモンドという――君も今日の午後、ボーモント邸で会ってるかもしれん。しかし、ボーモント邸の晩餐会が終わるまで、あいつは来られそうにない」

　何時間かわからないが、私たちはそこの暗闇に静かに立っていた。その時間が過ぎる頃、私はずっと以前《まえ》に英国の法廷で起こったことがまた起こったのだ、と決め込んでいた。バジル・グラントは気が狂ったのだ。目の前の事実を説明する理由は、ほかに想像もできなかった――なにしろ、恰幅の良い田舎の老紳士が絞め殺さんばかりに痛めつけられ、その地面に、顔を紫にして薪《まき》のように転がっているのである。

四時間ほど経つと、夜会服を着た痩せた人物が袋小路に駆け込んで来た。ガス灯の明かりで、ジャスパー・ドラモンドの赤い口髭と白い顔がチラと見えた。

「グラントさん」彼はポカンとして言った。「信じられないことです。あなたのおっしゃる通りでした。でも、どういうことだったんですか？　今夜の晩餐会の間ずっと、公爵や公爵夫人や雑誌の編集者たちが、わざわざあの男の話を聞きに来たというのに、あの非凡なウィンポール氏は黙り込んだままでした。面白いことなんか一つも言いませんでした。全然口を利かなかったんです。一体どういうことなんです？」

グラントは地面に転がっている恰幅の良い老紳士を指さして言った。

「こういうことですよ」

肥った紳士がその場にいとも大人しく転がっているのに気づくと、ドラモンドは鼠《ねずみ》でも見たように跳び退《すさ》った。

「何です？」とドラモンドは力なく言った。「……何です、これは」

バジルはいきなり屈み込むと、サー・ウォルターの胸のポケットから一枚の紙を引っ張り出した。准男爵は身動きのとれぬ状態にありながらも、その紙を渡すまいとしているようだった。

それは大きな白い包み紙で、ジャスパー・ドラモンド氏はそこに書いてある文字をうつろな目で、驚きを隠さずに読んだ。彼に理解できる限りでは、それには一連の質問と答が、少なくとも発言と受けこたえが、教理問答のような具合に書き列《つら》ねてあった。大部分は揉《も》み合った際に破れていて読めなかったが、最後の方は残っていた。そこにはこう書いてあった。

「C　言う――冷静を保つ。

W　大英博物館――保存しておきなさい。

C　誰に向かってしゃべって――寝言を。

W　寝言を言う時は、必ず――」

「これは何です？」ドラモンドはしまいに一種の激怒にかられて言うと、紙を投げ捨てた。「何かって？」答えるグラントの声は一種の素晴らしい歌声に変わっていた。「これが何かって？　大した新職業だよ。偉大な新職業だ。少しばかり不道徳かもしれないが、それでも海賊と同じように偉大だ」

「新職業ですって！」赤い口髭の青年はぼんやりと言った。「新商売ですか！」

「新商売だ」グラントは奇妙に大はしゃぎして繰り返した。「新職業だ！　これが不道徳なのはじつに残念だ」

「でも、畜生、一体どういうことなんだ？」ドラモンドと私は同時に汚い言葉を口走った。

「こいつはね」とグラントは冷静に言った。「〝会話応酬世話人〟という偉大な新商売なのさ。そこの地面に転がっている肥った老紳士は、君たちにはさだめし非常に愚かで、非常に金持ちな男に思えるだろう。彼の人となりをはっきり申し上げよう。彼は我々と同じように、非常に聡明で非常に貧しい。それに、じつはちっとも肥っていやしない。あれは全部詰め物なんだ。それほど年寄りでもないし、名前もチャムリーじゃない。詐欺師だが、この上なく愉快な新手《あらて》の詐欺師なんだ。彼は雇われて晩餐会へ行き、他人が巧い受け答えをできるように話を持って行く。あらかじめ決めておいた段取りに従って（そいつはその紙切れに書いてあるよ）、自分のために用意した馬鹿なことを言う。そして、お客はお客のために割り振られた賢いことを言うんだ。つまり、彼は一晩一ギニーで人に凹《へこ》まされるんだ」

「それで、あのウィンポールという奴は――」ドラモンドが憤然として言った。

「あのウィンポールという奴は」バジル・グラントは微笑《わら》って言った。「今後、知的な恋敵にはならないだろう。あいつにも立派なところは多少ある。優雅さとか銀髪とかね。しかし、知性はそこの地面に転がっている我らが友のものなんだ」

「こいつは」ドラモンドはいきり立って言った。「こいつは牢屋に入れるべきですね」

「いやいや」バジルは寛大に言った。「〝奇商クラブ〟に入るべきだよ」

牧師さんがやって来た恐るべき理由

〝物質〟の〝人間〟に対する叛乱（私はそれが存在すると信ずる）は、今や特異な状況に陥っている。大きい物よりもむしろ小さい物が我々に戦争をしかけ、さらに言えば、我々を打ち負かしているのだ。最後のマンモス象の骨はとっくの昔に朽ち果て、大いなる残骸と化した。大嵐が我々の海軍を滅ぼすことはもはやないし、火の心臓を持つ山々が我々の都市の上に地獄を積み上げることもない。しかし、我々は小さい物たちとの苦しい永遠の戦争に明け暮れている――敵は主として細菌とカラーボタンだ。私は如上《じょじょう》の思索に耽りながら（激しく、五分五分に）渡り合っていたボタンを、シャツの付襟につけようとしていたのだが、その時、扉を叩く大きな音がした。

最初に思ったのは、バジル・グラントが誘いに来たのではないかということだった。彼と私は同じ晩餐会（そのために着替えていたのである）に出席する予定で、別々に行くはずだったが、バジルはひょっと思い立って、こちらへ来たのかもしれない。その晩餐会は小人数の内輪な集まりで、主催するのは善良だが旧慣に縛られない政治好きな御婦人、バジルの昔馴染《なじみ》だった。彼女は我々二人をフレイザー船長というもう一人のお客と引き合わせるために招《よ》んだのだった。この人物は中々の有名人で、チンパンジーに関する権威だった。バジルは女主人の旧友だったが、私は会ったことがなかったので、もしかすると彼は(いつもの社交的な思いやりで)私に気詰まりな思いをさせないため、一緒に行くことにしたのかもしれない。この理論は——私の理論はすべてそうだが——完璧だった。しかし、実際に扉を叩いたのは、バジルではなかった。

私は名刺を渡された。それには「エリス・ショーター牧師」と記してあり、その下に鉛筆で、しかし、走り書きでも鬱陶《うっとう》しいほどのお上品さを隠せない筆跡で、こう書いてあった——「きわめて差し迫った事柄につき、ほんのしばらくお話しさせていただきたく」と。

私はすでにカラーボタンを征圧していたから、神の似姿たる人間はすべての物質に優ると(いう貴い真理を)宣言し、燕尾服とチョッキをあたふたと着込んで、客間に急いだ。客は私が入って来ると、海豹《あざらし》のようにパタパタしながら立ち上がった。ほかに何とも表現のしようがない。彼は右腕に引っかけた格子縞の肩掛けをはためかせた。悲しげな黒い手袋をはためかせた。服をはためかせた。立ち上がる時、目蓋をはためかせたと言っても誇張にはなるまい。額の禿げ上がった白髪白髯《はくぜん》の年老いた聖職者で、パタパタだらだらする締《し》まりのないタイプだった。彼は言った。

「すみません。本当にすみません。まことに申しわけありません。私がこちらへ参りましたのは——こう申し上げるしかないのですが——こうとでも弁解するしかないのですが、私が参りましたのは——重要な事についてなのです。どうかお赦し下さい」

私は、赦すからお気になさらなくても良いと言って、話の続きを待った。

「申し上げなければいけませんのは」と彼はたどたどしく言った。「何とも恐ろしい——何とも恐ろしいことなのです——私は静かな生活をしておりまして」

私はもう出かけたくて仕方がなかった。晩餐会に間に合うかどうか怪しくなっていたからである。だが、老人の包み隠しのない辛《つら》そうな様子には、何か私自身の生活よりも、もっと重大で悲劇的な生活の可能性をあらわに見せてくれそうなものがあった。

私は穏やかに言った。「どうぞ、お話を続けて下さい」

しかし、老紳士は年老《としと》っているだけでなく紳士でもあったので、私が内心焦《じ》れったがっているのに気づくと、いっそう取り乱したようだった。

「すみません」と彼は弱々しく言った「御迷惑を顧《かえり》みずにこちらへ参りましたのは——その——御友人のブラウン少佐が、こちらへ来るようにお勧めになったからで」

「ブラウン少佐！」私は興味をおぼえて言った。

「さようです」ショーター師は格子縞の肩掛をしきりにはためかせながら言った。「あの人の話ですと、たいそう困った時、あなたが助けてくださったそうで——それで、私が困っていることというのは！　ああ、あなた、それは生きるか死ぬかの問題なのです」

私はひどく困惑して、唐突に立ち上がった。「お話は長くかかりますか、ショーターさん。私は今すぐにでも晩餐会に出かけなければならないんです」

相手も立ち上がった。頭の天辺から足の先まで震えていたが、おどおどしていたにもかかわらず、なぜか老齢と牧師職にふさわしい威厳を帯びていた。

「私には何の権利もありません、スウィンバーンさん――まったく何の権利もありません」と彼は言った。「もし晩餐にお出かけにならねばならないのなら、もちろん――あなたには完全な権利が――もちろん、完全な権利がおありです。ですが、お戻りになった時は――人が一人死んでいるのです」

彼はそう言って腰かけると、ゼリーのようにブルブル顫えた。

晩餐のように些細《ささい》なことは、その二分間のうちに私の心の中で小さくなり、埋没した。政治好きな未亡人と類人猿を蒐《あつ》めている船長に会いに行く気はなくなった。この愛すべき、よぼよぼの老牧師がどうして差し迫った危険と関わりを持つに至ったのかを聞きたかった。

「葉巻はいかがですか」と私は言った。

「いいえ、結構です」彼はあたかも葉巻を吸わないことが社交上の不名誉でもあるかのように、何とも言われぬ困惑にかられて言った。

「葡萄酒を一杯いかがです」と私は言った。

「いいえ、結構です。結構です。今のところは」まったく酒を飲まない人が、ほかの曜日だったら一晩中ラム・パンチを飲んでいるようなふりをすることがしばしばある。彼はそういう人のヒステリックな熱心さで繰り返した。「今は要《い》りません、有難う」

「何かほかに差し上げられるものはありませんか？」私はお行儀の良い間抜けな老人が本当に気の毒になって来て、言った。「お茶は？」

彼の眼に葛藤の色が浮かび、私が勝ちを収めた。お茶が来ると、彼はアルコール中毒患者がブランデーをがぶ呑みするように、それを飲んだ。やがて、うしろに背を凭《もた》せて言った。

「本当に大変な目に遭ったものですから、スウィンバーンさん。ふだん、こういう刺激には慣れておりませんのです。エセックス州チャンツィーの副牧師として」――彼は言うに言われぬ自慢そうな様子で、そう言った――「あんなことが起こるのは見たことがありません」

「どんなことが起こったんです？」と私はたずねた。

彼は急に威厳を持って、背筋をまっすぐに伸ばした。

「エセックス州チャンツィーの副牧師として、あんなことはいまだかつてありませんでした。なにしろ、無理矢理老婦人に変装させられ、老婦人の役割で犯罪の片棒を担がされるところだったのですから。こんなこと、一度もありませんよ。私は人生経験が少ないかもしれません。不十分かもしれません。しかし、あんなことは、以前にはけして起こらなかったのです」

「私も初耳ですな」と私は言った。「そういうことが聖職者の義務《つとめ》のうちに入っているとは。しかし、教会のことにはあまり詳しくありません。お言葉をちゃんと聞きそこねたのなら、御容赦ください。変装とは――何になったのです？」

「老婦人です」牧師は厳《おごそ》かに言った。「老婦人に変装したのです」

私は内心、この牧師を老婦人にするには大した変装は必要ないと思ったが、一件は明らかに喜劇的というよりも悲劇的だったので、敬意をこめて言った。

「事情をお聞かせいただけませんか？」

「最初からお話ししましょう」とショーター氏は言った。「そして、話をできるだけ正確に申し上げましょう。今朝の十一時十七分、私はいくつか約束を果たし、村の人を何軒か訪問するために牧師館を出ました。最初に行ったのはジャーヴィスさんの家です。この人は私どものやっておりますキリスト者娯楽連盟の出納係で、庭師のパークスがテニス・コートの芝生の地均《じなら》しについてしている要求に関することを、相談したのです。それから、アーネット夫人を訪問しました。この人はたいそう熱心な教会の信者なのですが、現在寝たきりなのです。夫人はいくつか信仰に関する小さい作品を書いていますし、（私の記憶違いでなければ）『野薔薇《のばら》』という詩集の著者でもあります」

彼はこうしたことを慎重にというだけでなく、矛盾した言い方だが、熱烈な慎重さとでも言うしかない口調で語った。思うに、彼の頭の中には、いかなることも隠しておくなとつねに厳しく要求する、探偵小説中の探偵の漠然とした記憶があったのだろう。

「それから、私は」彼はやはり、こちらが苛々するほど良心的に語りつづけた。「臨時に私どものオルガン奏者の助手をしているカー氏（もちろん、ジェイムズ・カー氏ではなくて、ロバート・カー氏です）のところへ行って、意見をうかがいました（ある聖歌隊の少年についてです。その子は、本当にやったのかどうかまだわかりませんが、オルガンのパイプに穴をあけたと言われているのです）。おしまいに、ブレット嬢の家で開かれているドルカス会[*1]の集まりに立ち寄りました。ドルカス会の集まりは普通牧師館で開かれるのですが、妻の加減が良くないので、ブレット嬢が――この人は最近村へ引っ越して来たのですが、教会の仕事を大そう積極的にやってくれます――御親切にも自宅で開くことを承知してくださったのです。通常、ドルカス会はもっぱら妻が取り仕切っておりまして、ただ今も申し上げました通り、たいそう積極的なブレット嬢を別とすれば、私はほとんどその顔ぶれを知りません。ですが、顔を出すと約束したものですから、そうしたのです。

行ってみますと、そこにはブレット嬢のほかに四人の未婚の御婦人がいただけでしたが、

＊1　貧しい人々に衣類を与えるための集まり。「使徒行伝」第九章に登場する婦人の名にちなむ。

忙しそうに編物をしていました。こういう事柄では、事実を残りなく正確に御説明申しあげることが必要なのは重々存じておりますけれども、会話の端々《はしばし》まで思い出して繰り返し述べることは、誰にとってももちろん非常に困難です。とりわけ、その会話が（慈善をしようという、いとも立派な賞讃すべき情熱に鼓舞されたものだとはいえ）当座は聞いている者にあまり深い印象を与えず、じつのところ――その――主に靴下に関することだというのではね。それでもはっきり憶えておりますのは、独身者《ひとりもの》の御婦人の一人が（この方は痩せていて、寒かったとみえて毛糸の肩掛をかけ、私にはジェイムズ嬢と紹介されたと思います）、お天気がひどく変わりやすいと言ったことです。ブレット嬢はそれからお茶を出してくれて、私はそれをいただきましたが、何とお礼を言ったかは思い出せません。ブレット嬢は背の低い、がっしりした身体つきの御婦人で、髪の毛は白髪でした。一座の人物でほかに私の注意を惹いたのは、モーブリー嬢でした。この人は小柄な御婦人で、小綺麗な身形《みなり》をして、態度振舞いに貴族的なところがあり、髪は銀色で、声が高く、血色の良い人でした。お仲間のうちでも一番目立つ人で、前掛け《ピナフォア》という話題に於《お》ける彼女の意見は、もちろん私に遠慮しながら表明されたのですが、それ自体は強硬で進歩的なものでした。彼女をべつとしますと（御婦人方は五人共簡素な黒服を着ていましたが）、ほかの方々はどこか、あなた方世間の人が野暮《やぼ》ったいとおっしゃるような格好に見えました。

十分ばかりおしゃべりをしたあと、私は立ち上がって帰ろうとしましたが、その時、何かが聞こえました。それは——どうも上手《うま》く言い表わせません——何かその——しかし、本当に上手く言い表わせないのです」

「何が聞こえたんです?」私は少し焦れったくなって、訊いた。

「聞こえたのは」牧師は厳かに言った。「聞こえたのは、モーブリー嬢（銀髪の御婦人）がジェイムズ嬢（毛糸の肩掛をまとった御婦人）に言った、次のような驚くべき言葉です。私はその場で記憶して、あとで、そうすることができる状況になると、すぐ紙に書き留めておきました。その紙は今もここに持っているはずです」彼は胸のポケットを探って、手帳、回状、村の音楽会のプログラムといった物をいくつか取り出した。「モーブリー嬢はジェイムズ嬢にこのような言葉を言ったんです。『さあ、おめえの番だぜ、ビル』」

　彼はそう言うと、自分の話したことに間違いはないとでも言いたげに、重々《おもおも》しく、決然と私をしばらく見つめていた。それから、禿頭をもっと暖炉の方に向けて語り続けた。

「私には、これは尋常でないように思われました。まるで意味が理解できませんでした。だいいち、未婚の婦人がもう一人の未婚の婦人に『ビル』と呼びかけることが奇妙に思われました。前にも申し上げたように、私は経験が足りないのかもしれません。未婚の御婦人はかれら同士、独身者だけの仲間内では、私の知らない乱暴な習慣を持っているのかもしれません。けれども、私には変に思われました。神かけて断言しても良いくらいでしたが（神かけて、という言葉を、悪態をつくという意味に誤解なさらないで下さるならば）

――『さあ、おめえの番だぜ、ビル』という言葉は、先に申し上げたように、それまでモーブリー嬢の話し方の特徴だった、上流階級の抑揚ではけして発音されなかったのです。実際、『おめえの番だぜ、ビル』という言葉は、たとえあの上流階級の抑揚で発音されたとしても、御婦人にふさわしくはなかったでしょうが。

それで、繰り返しになりますけれども、私はそれを聞いて驚いてしまいました。ところが、もっと驚いたことには、当惑して帽子と蝙蝠傘《こうもりがさ》を手にあたりを見まわしますと、毛糸の肩掛をまとったあの痩せた御婦人が、私が出て行こうとした扉に、立って凭れかかっているではありませんか。彼女はまだ編物を続けておりましたので、こうして突っ立って扉に背を凭せるのは独身者の奇癖《くせ》にすぎなくて、私が帰るつもりなのを忘れているのだと思いました。

私は愛想良く言いました。『お邪魔して申しわけありませんが、ジェイムズさん、本当にもう行かなければならないんです。私は――その――』私はここで口をつぐみました。というのも、彼女の返事はいやに短くて、この上なく事務的な口調でしたが、私が途中で言葉を切っても仕方がないようなものだったからです。この言葉も書き留めてあります。意味はまったくわかりません。ですから、ただ聞こえた通りに書き記しただけですが、彼女は言ったのです」ショーター氏は紙片を近々と覗き込んだ。「彼女は言いました。『あきらめろ、でぶ野郎』それから、何か『イッツ・ア・コップ』[*2]とか（もしかすると）『ア・

コプト[*3]』という風に聞こえる言葉を言い足しました。それから、私の正気、あるいはこの宇宙の正気を繋《つな》ぎとめる最後の綱が突然プッツリと切れたのです。私の尊敬する友にして協力者だったブレット嬢が暖炉のそばに立って、言いました。『爺《じじ》いの頭を袋に突っ込んでやれ、サム。そいで、おしゃべりを始める前に縛り上げるんだ。こんなトロくさいことをやってやがると、そのうち、おめえもとっつかまるぞ』

私の頭はグルグルまわりだしました。本当に、ついさっきふと想像したように、未婚の御婦人方はほかの人間には窺《うかが》い知れない、かれらだけの恐ろしい放埒《ほうらつ》な結社をつくっているのでしょうか？　古典を勉強していた頃（私もかつては少しばかり勉強をしたのです。今では、ああ！　錆びついてしまいましたが）のことをぼんやりと思い出しました。ボナ・デア[*4]の秘儀や、女だけの奇妙な秘密結社のことをぼんやりと思い出しました。魔女のサバトのことを思い出しました。私はあさはかにも愚かにも、ディアーナのニンフたちのことを書いた詩の一行を思い出そうとしていましたが、その時、モーブリー嬢がうしろか

＊2　スラングで、「お巡りだ」ほどの意味。
＊3　スラングで、「つかまった奴」ほどの意味。
＊4　豊饒、純潔、治癒などを司るローマの女神。ボナ・デアは「善き女神」を意味する通称で、真の名は知られていない。その秘儀は男子禁制で、ウェスタの巫女が崇拝を指導した。

す。

ら私に腕をまわしました。その腕に抱えられた瞬間、女の腕ではないことがわかったのです。

ブレット嬢は——いや、私がブレット嬢と呼んでいた人物は——手に拳銃を握り、顔にニンマリと笑いを浮かべて、私の前に立っていました。ジェイムズ嬢はやはり扉に凭れていましたが、今までとはまったく違う、少しも女らしくない姿勢に変わっていたので、私はハッと驚きました。彼女はポケットに両手を突っ込み、帽子を阿弥陀《あみだ》にかぶって、所在なさそうにしていました。彼女は男だったのです。いや、つまり彼はお——いえ、つまり、私が見たのは女性ではなく、彼女——いえ、彼——要するに、そいつは男だったのです」

ショーター氏は、性別を整理するのと格子縞の肩掛をかけ直すのを同時にやろうとして、言うに言われずバタバタしていた。彼は一層熱が上がったような神経質さで、ふたたび話を続けた。

「モーブリー嬢について言えば、彼女——彼はいわば鉄の輪で私をつかまえていました。彼は彼女の腕を——つまり、彼女は彼の腕を——彼女の頸《くび》のまわりに——いえ、私の頸のまわりに——巻きつけていたので、私は悲鳴を上げることもできませんでした。ブレット嬢は——いえ、ブレット氏、少なくともブレット嬢ではない誰かさんは——私に拳銃を向けていました。ほかの二人の御婦人——いや、その——紳士たちはうしろの方で何かの袋の中を引っ掻きまわしていました。事態はやっと明らかになりました。かれらは女性に変装した犯罪者で、私を誘拐しようとしているのです！　エセックスのチャンツィーの副牧師を誘拐するのです！　しかし、何のためでしょう？　非国教徒[*5]になるためでしょうか？

扉に寄りかかっていた悪党が無頓着に大声を上げました。『急げ、アリー。その爺さんにどういうことか教えてやって、ズラカろうぜ』

『冗談じゃねえ』とブレット嬢が――いや、拳銃を持った男が――言いました。『何だってこいつにからくりを教えなきゃならねえんだ？』

『俺の忠告を聞けば、おめえは素敵に幸せになるだろうよ』連中がビルと呼ぶ、戸口にいる男が言いました。『自分のやっていることを知ってる男は、知らねえ奴十人よりも役に立つ。たとえ、イカレた老いぼれの牧師でもな』

『ビルの言う通りだ』私を押さえていた男が、しゃがれ声で言いました（その声はモーブリー嬢の声でした）。『例の写真を出せ、アリー』

拳銃を持った男は部屋を横切って、ほかの二人の女――いや、男――が袋を引っくり返しているところへ行くと、何かをよこせと言い、二人はそれを手渡しました。男はそれを持って部屋を横切り、こちらへ戻って来ると、私の目の前にそいつをかざしました。それを見せられた時の驚きに較べたら、この恐ろしい日にそれまで味わった驚きは、いっぺん

＊5　イギリスのプロテスタントの中で、英国国教会以外の宗派の人間をいう。

に小さくなってしまいました。

それは私自身の肖像写真だったのです。そんな写真をこのゴロツキどもが持っていること自体、私には多少の驚きだったでしょうが、でも、それは多少という程度でしょう。私が感じたのは多少の驚きではありませんでした。その写真はじつに良い出来で、伝統的な写真スタジオのあらゆる付属品を使って仕上げてありました。写真の中の私は頭を片手に凭せて、絵に描いた森の風景をうしろにしていました。ステップ写真でないことは明らかで、私がこの写真のためにモデルとなったことは確かでした。ですが、本当のところ、そんな写真のモデルになったことはなかったのです。そんな写真を撮ったことはありませんでした。

私は写真を何度もしげしげと見ました。それは大分修正を施《ほどこ》してあるようで、額に入っているだけでなく、ガラスも嵌《は》めてあり、そのガラスのために細かいところが少しぼやけていました。けれども、そこには見まごうべくもなく私の顔、私の眼、私の鼻と口、私の頭と手が、専門の写真師のためにポーズをとっていたのです。ですが、私が写真師のためにポーズをとったことは一度もなかったのです。

『このスンバラしい奇蹟を見ろよ』拳銃を持った男が、時と場合をわきまえずに軽口を叩きました。『牧師さんよ、神様に会う用意をしときな』こう言うと、ガラスを滑らして額から外しました。ガラスが動くにつれて、写真の一部分は亜鉛白でガラスの上に描いたものであることがわかりました――とくに、白い頰髯《ほおひげ》と聖職者の付襟がそうです。その下には、地味な黒い服を着た老婦人が頭を片手に凭せて、森の風景をうしろにしている肖像写真がありました。その老婦人は私と瓜二つでした。頰髯と付襟をつけるだけで、どこからどう見ても、私になってしまったのです。

『面白《おもしれ》エだろ?』アリー[*6]と呼ばれる男は、ガラスを元に戻しながら言いました。『おそろしく良く似てるだろう、牧師さん。この御婦人にとっても有難いし、あんたにとっても有難い。それに、俺たちにはとくに有難いと言い足してもいい。こいつのおかげでひと儲けできそうだからな。おまえさん、この辺に引っ越して来たホーカー大佐を知ってるだろ』

私はうなずきました。

『うむ』アリーという男は写真を指さして言いました。『これはあいつのおっ母《か》さんなんだ。あいつが高いところから落っこちた時、走って行って抱きとめたのは誰か? この人なんだ』そう言うと、私そっくりの老婦人の写真に向かって、何か指を伸ばす仕草をしました。

『年寄りの旦那に何をしなけりゃいけねえか、さっさと言っちまえよ』戸口からビルが怒《ど》鳴《な》りました。『いいかい、ショーター牧師さんよ、俺たちゃべつに危害は加えねえ。何な

＊6　ロンドンの下町言葉で、ハリーが訛《なま》ってアリーとなっている。

ら、手間賃に一ソヴリンやってもいいんだぜ。そんで、あの婆さんの服なんだが――あんた、あれを着たら可愛いだろうよ』

『おめえは説明があんまり上手じゃねえな、ビル』私のうしろにいる男が言いました。『ショーターさんよ、じつはこういうことなんだ。俺たちゃア、今夜このホーカーって奴に会いに行く。あいつは俺たちに会ったら、みんなにキスして、シャンペンを空けてくれるかもしれねえ。あるいは逆に――そうしないかもしれねえ。もしかすると、俺たちがズラかる時は死んでるかもしれねえ。そうじゃないかもわからねえ。でも、とにかく俺たちはあいつに会わなきゃならねえんだ。ところで、あんたも知ってるだろうが、あいつは家に閉じこもって、誰が来てもドアを開けねえんだ。その理由をあんたは知らねえが、俺たちゃア知っている。あいつのところへ行ける人間は、おふくろさんだけだ。さて、これは滅法《めっぽう》おかしな偶然じゃねえか』彼は偶然《コインシデンス》という言葉の最後から二番目の母音にアクセントをおいて、言いました。『めったにねえ幸運だが、あんたはあいつのおふくろさんなんだ』

『初めてあの写真を見た時』ビルという男は考え込むように首を振って、言いました。『初めてあれを見た時、俺は言ったよ――ショーター爺さんだ。まさにそう言ったんだ――ショーター爺さんだ、とね』

『どういうつもりなんだ、荒くれども？』私は喘《あえ》ぎました。『私に何をさせようというのだ?』

『言ってみりゃア簡単なことさ、牧師さん』拳銃を持った男は機嫌良く言いました。『あの服を着るんだよ』そう言って、部屋の隅にあるポーク・ボンネット[*7]と婦人服の山を指さしました。

そのあとのことはくどくどと申しますまい、スウィンバーンさん。私はほかにどうしようもなかったのです。五人の男を相手に取っ組み合いもできませんし、まして一人は弾をこめた拳銃を持っています。五分もすると、あなた、チャンツィーの副牧師は老婦人の――こう言った方が良ければ、他人の母親になりすまして、犯罪に加担すべくその家から引っぱり出されました。

もう午後も遅くなり、冬の夜が足早に近づいていました。私たちは風の吹く中で、暗い道を、ホーカー大佐のポッンと離れた一軒家へ向かって歩きはじめましたが、あの道を、いいえ、ほかのどんな道にしても、あんなに風変わりな行列がだらだらとつらなって行ったことはないでしょう。外見は誰が見ても、あまり裕福でない六人の立派な老婦人で、黒い服を着て、上品ですが古めかしい帽子を被っています。ところが本当は、五人の犯罪者と一人の聖職者だったのです。

*7　十九世紀に流行した鍔の広い婦人帽。

話を端折《はしょ》って申しましょう。歩きながら、私の頭脳《あたま》の中は風見鶏のようにクルクル旋回《まわ》り、逃げる方法を考えようとしていました。そのあたりは街並から遠く離れておりましたから、大声を上げるのは自殺行為でしょう。悪党どもは造作もなく私をナイフで刺すか、猿轡を嚙ませて溝《どぶ》に放り込んでしまうでしょうから。一方、見知らぬ人間を呼びとめて、事情を説明することも不可能でした。その事情自体があまりにも途方もない、馬鹿馬鹿しいものだからです。たまたま通りがかった郵便配達人や運搬夫にこんな馬鹿げた話を言い聞かせようとしても、話が終わるずっと前に連中は逃げ出してしまい、おそらく私も連れて行ってしまうに違いありません――この人は友達だが、可哀想に気が狂っているとか、酒に酔っているとかいって。しかし、最後の思いつきは、天来の閃き《ひらめ》でした――非常に恐ろしいものではありましたが。かくなる上は、チャンツィーの副牧師は狂人か酔っ払いのふりをしなければならないのではないでしょうか？　こんなことになってしまったのですから。

私はほかの連中と一緒に、人気《ひとけ》のない道を歩いて行きました。かれらの足早で、それでも女らしい歩き方をできるだけ真似しながら歩調を合わせていたのです。しまいに街灯が見え、その下に一人の警官が立っていました。私は決心しました。街灯のところへ行くまで、私たちはみな大人しく、無言で、すみやかに歩いていました。しかし、そこへ着くと、私はいきなり柵に身体をぶつけて、大声でわめいたのです。『万歳！　万歳！　万歳！

統べよ、ブリタニア！　床屋へ行きやがれ！　フープラ、ブー！」私のような地位にある者としては、いささか奇異な振舞いでした。

巡査はすぐに提灯《ランタン》の光を私に――いや、私が滑稽にも扮装しているだらしない酔っ払った老婦人に照《あ》てました。『おやおや、奥さん』と彼はぶっきら棒に言いました。『黙ってついて来い。さもねえとてめえの心臓を食っちまうぞ』サムがしゃがれ声で私の耳元にささやきました。『やめろ。やめねえと、引っぱたくぞ』そんな言葉をささやいているのが、きちんと肩掛を羽織った老嬢だとは、じつに恐ろしいことでした。

私は大声でわめきつづけました――もうそうするよりありませんでした。私が金切り声で叫んだのは滑稽な歌の折返し句で、それは下品な青年たちが、遺憾ながら、村の音楽会で歌ったものです。私は今にも倒れようとする九柱戯《きゅうちゅうぎ》のピンのように、あっちへこっちへよろけました。

『みなさん、お友達を静かにさせられないのでしたら』と警官は言いました。『この人を連れて行かなければなりませんぞ。随分と酔っ払って、正体をなくしておいでですから』

私はいっそう頑張りました。こんなことができるような育ち方はしていないのですが、持てる以上の力を出したのでしょう。私の聞いたこともないような言葉が、開いた口から次々と溢《あふ》れ出して来るようでした。

『ここを通り過ぎたら』とビルがささやきました。『もっと大きい声で吠えさせてやるぜ。

足を火で焼き切ってやるから、その時はもっと大声で吠えやがるだろうぜ』

　私は恐怖にかられて、あの恐ろしい喜びの歌を叫びました。人間がかつて見たあらゆる悪夢のうちでも、ポーク・ボンネットから覗いているあの五人の男の顔ほど――あの、悪魔のような顔をした教区の世話人たちの姿ほど、凶悪で恐ろしいものはありませんでした。地獄にだって、あれほど胸が張り裂けるようなものがあるとは思えません。

　私の連れは急《せ》き立てるし、みんな立派で非の打ちどころのない服装《かっこう》をしておりましたから、警官はそれに負けて、私たちを通してしまうのではないかと一瞬思い、ぞっとしました。彼はグラついていました――警察官のように堅固な物をグラついてなどと表現できれば、の話ですが。私はいきなり前によろめいて、警官の胸に頭からとび込み、大声で、（私の記憶が正しければ）こう叫びました――『ああ、いやはや、しまったなあ、ビルさん』自分がエセックス州チャンツィーの副牧師であることをいともはっきりと思い出したのは、その時でした。

　やぶれかぶれの一手が私を救いました。警官は私の首根っ子をきつく押さえたのです。

『おまえは一緒に来るんだ』と彼は言いましたが、ビルが御婦人の発する気難しそうな声を見事に真似て、それを遮《さえぎ》りました。

『まあ、お願いです、お巡りさん、可哀想なお友達をいじめないでやって下さいまし。おとなしく家へ連れて帰りますから。この人、お酒を飲みすぎるけれど、れっきとした淑女なんです――ただ、ちょっと変わっているだけなんですの』

『本官の腹に頭突《ずつ》きをしたんですぞ』警官はきっぱりと言いました。

『天才の奇行なんです』とサムが真顔で言いました。

『どうか、私に連れて帰らせてください』ビルがまたジェイムズ嬢の役回りに戻って、繰り返しました。『この人は、面倒を見てあげなければいけないんです』

『その通り』と警官は言いました。『ですが、本官が面倒を見てさしあげましょう』

『それじゃあ駄目です』ビルが熱っぽく叫びました。『友達が必要なんです。私たちの持っている特別なお薬が必要なんです』

『そうですわ』モーブリー嬢が興奮して、相槌《あいづち》を打ちました。『ほかのお薬じゃ駄目なのよ。お巡りさん。すごく変わった病気なんです』

『あたし、平気よ。そうら、くちゅくちゅ』と、これは一生の恥ですが、チャンツィーの副牧師は言いました。

『いいかね、あんた方』巡査は険しい顔をして言いました。『私はお友達の奇行も気に入らないし、この人の歌う歌も、私の腹に頭突きをしたのも気に入らない。それに考えてみると、あんた方の様子も気に入りませんな。悪人がそういう大人しい服装《かっこう》をしているのを、大勢見て来ましたからな。あんた方は何者です?』

『名刺は持ち歩いておりませんわ』モーブリー嬢が言うに言われぬ威厳を示して、こたえました。『それに、どうして小役人に侮辱されなければならないのか、わかりません。婦人を護るために雇われているのに、婦人に無礼な態度をとるような人に。あなたがもし、私たちの不幸なお友達の弱味につけ込もうとなさるなら、たしかに、この人をつかまえる資格が法的におありです。でも、私たちに威張り散らす法的権利がおありだと考えるなら、心得違いということになりますわよ』

この言葉は本当でしたし、威厳がありましたから、警官は一瞬怯《ひる》みました。私の五人の迫害者は、優位に立った隙《すき》に、地獄の亡者のような顔を一瞬私に向けると、そそくさと暗闇の中へ消えてしまいました。巡査が最初かれらに提灯《ランタン》と疑いを向けた時、電信のような表情が顔から顔へサッと走って、もうこうなっては退却するしかない、と伝えたのを私は見ておりました。

この頃には、私は舗道にへなへなとしゃがみ込んで、深刻に考えておりました。やくざ者どもが一緒にいる間は、酔っ払いの役回りを捨てる勇気がありませんでした。もし私が筋道の通った話をして、本当の事情を説明し始めたならば、警官は私が少し正気に返ったとばかり思って、仲間たちに引き渡してしまったでしょうから。けれども今は、そうしければ、本当のことを打ち明けても安全だったはずです。

けれども、正直言って、私はそうしたくなかったのです。人生に偶然はつきものですから、英国国教会の聖職者の義務《つとめ》という狭い径《みち》にも、時には酔っ払いの老婦人になることがないとも限らないでしょう。しかし、そうした必要に迫られることは、たぶん非常に稀《まれ》ですから、多くの人々はあり得ないことだと思うでしょう。私が酔っ払いのふりをしていたなどという噂が広まったら、どうなるでしょう。それはふりではなかったと人々が考えたら、どうなるでしょう！

　私は警官の助けを借りて、よろよろと立ち上がりました。それから百ヤードほどは、弱弱しく静かに道を歩いて行きました。警官は私が眠くて弱っているため、逃げ出すことはできないと思っていたらしく、私を軽く、優しくつかまえていました。曲がり角を一つ、二つ、三つ、四つ曲がるまで、警官は私を引きずって行き、私は足を引きずりながら、不承不承のろのろと歩いていました。しかし、四つ目の曲がり角で、突然彼の手をふり払い、狂った雄鹿のように街路を突っ走りました。警官は虚《きょ》を突かれましたし、身体が重たいし、あたりは暗かったのです。私は走って、走って、走って、五分も走り続けると、追っ手を引き離したことがわかりました。三十分もすると野原に出、頭上には聖なる祝福された星星がきらめいていました。私はそこで忌々《いまいま》しい肩掛と帽子を脱ぎ、きれいな土の中に埋めたのです」

　老紳士は物語を終え、椅子の背に凭れかかった。時が経つにつれて、彼の物語は内容も語り口も好もしく思われて来た。愚かな年寄りで、些細な事にこだわるけれども、根は田舎育ちの紳士であり、絶望の時にあって勇気と運動家の本能を示したのだ。話しぶりには

いた。風変わりな固苦しい言葉遣いがたくさんあったが、非常に説得力のある迫真性もこもって

「それで今は――」と私は言いかけた。

「それで今」ショーターは何か奴隷の根気強さのようなものを持って、ふたたび身をのり出した。「今は、スウィンバーンさん、あの不幸なホーカーという人をどうするかです。あの男たちがどういうつもりだったのかも、かれらの言ったことがどこまで本当なのかも、私にはわかりません。しかし、危険があることはたしかです。私は警察に行けません。その理由はおわかりでしょう。第一、警察は私の言うことを信じてくれないでしょう。どうすれば良いでしょうか？」

私は懐中時計を取り出した。もう十二時半だった。

「私の友人バジル・グラントのところへ行くのが一番良いでしょう」と私は言った。「彼は今夜、私と同じ晩餐会に行く予定だったんですが、今頃は帰って来ているでしょう。辻馬車に乗って行ってもかまいませんか？」

「かまいませんとも」彼はそうこたえて、行儀良く立ち上がると、滑稽な格子縞の肩掛を羽織った。

二輪馬車《ハンサム》に揺られて行くと、ランベスにある陰気な労働者の集合住宅《フラット》の下に着いた。グラントはそこに住んでいるのだ。長々しい木の階段を上って、彼の屋根裏部屋に行った。

木造の雑然とした室内に入ると、バジルのシャツの胸の白い輝きと、木の長椅子に投げかけた毛皮の外套の光沢がはっきりした対照をなして、私の目に入った。バジルは寝る前に葡萄酒を一杯飲んでいた。やはり晩餐会から帰っていたのだ。

彼はエリス・ショーター師が物語を繰り返すのを、いかにも素直に敬意を払って聴いた。どんな人間に対しても、そうした態度で接するのである。話が終わると、ポツリと言った。

「フレイザー船長という人を知っていますか？」

私は、彼が場違いにも、今宵一緒に食事をするはずだった立派なチンパンジーの蒐集家のことを持ち出したので、グラントを鋭く一瞥《いちべつ》した。だから、ショーター氏の顔は見なかった。ただ彼がいとも神経質な調子で、「いいえ」と答えるのを聞いただけだった。

しかし、バジルは彼の返事か、あるいは物腰全体に、何か非常に興味深いものを見出したらしい。大きな青い眼を老いた聖職者にじっと注いで、その眼はまったく穏やかではあったが、しだいに顔からとび出しそうになって来た。

「それはたしかですか、ショーターさん」とバジルは繰り返した。「たしかにフレイザー船長を御存知ないのですか？」

「ええ」と副牧師は答えたが、私はたしかに妙に思った――牧師が、最初私の前に現われた時のような、意気沮喪《いきそそう》とは言わないまでも、おずおずした口調に戻っていたからである。

バジルは素早く立ち上がった。

「それなら、我々のやるべきことははっきりしています。親愛なるショーターさん、あなたはまだ調査を始めてもいらっしゃらない。我々が最初にすべきなのは、一緒にフレイザー船長に会いに行くことです」

「いつですか？」聖職者は口ごもりながら言った。

「今です」バジルはそう言って、毛皮の外套に片方の腕を通した。

老いた聖職者は全身をブルブルと震わせながら、立ち上がった。

「そんな必要はあるまいと思うのですが」と牧師は言った。

バジルは毛皮の外套から腕を抜き、外套をまた椅子の上に投げかけて、両手をポケットに突っ込んだ。

「ほう」と彼は力をこめて言った。「ほう――その必要はないとお考えなのですか。それなら」と次の言葉を非常にはっきり慎重に言い足した。「それなら、エリス・ショーターさん、私に言えることは、あなたのお顔を頬髯なしで見たいということだけです」

この言葉を聞くと、私も立ち上がった。私の人生に於ける大悲劇が訪れたからだ。バジルのような知性の持主とつきあっているおかげで、私の生活は輝かしく刺激的なものではあったが、その輝かしさと興奮は正気と狂気の境目にあることをつねに感じていた。彼は不断に物事の理由《リーズン》の幻影のそばで生きていたが、それは人間に理性《リーズン》を失わせるようなものだった。そして私は彼の狂気について、人が友達の心臓病による死について感じるように感じたのだ。それはどこで起こるかわからない。野原でかもしれないし、辻馬車の中でかもしれない。夕陽を見ている時かもしれず、紙巻煙草を吸っている時かもしれない。それが今ついにやって来たのだ。同胞《はらから》たる人間を救うために判断を下すべきまさにその瞬間、バジル・グラントは発狂したのだ。

「頰髯です」彼はそう叫びながら、燃える目で進み出た。「あなたの頰髯をください。それに、その禿頭も」

老牧師は当然ながら、一、二歩後退《あとずさ》った。私は二人の間に踏み込んだ。

「坐りたまえ、バジル」と私は嘆願した。「君は少し興奮してる。葡萄酒《さけ》を飲んでしまいたまえ」

「頰髯を」彼は頑として答えた。「頰髯を」

そう言うと、バジルは老紳士めがけて突進し、老紳士は戸口に向かって突進したが、邪魔をされた。それから、私には何が何だかわからないうちに、静かな部屋はこの二人によって、何かパントマイムと万魔殿《パンデモニウム》の中間のようなものにされてしまった。椅子がガシャンと音を立てて投げられ、テーブルは雷の鳴るような音を立てて跳び越され、ついたては壊され、瀬戸物は粉微塵《こなみじん》になり、それでもバジル・グラントは跳びはね、大声でわめきながら、エリス・ショーター師を追いかけた。

そして今、私は次第にべつのことに気がついて来て、それが狐につままれたような思いに、最後の間抜けな仕上げをしたのである。エセックス州チャンツィーのエリス・ショーター師は、それまでとうって変わって、その年齢と地位の人がするような振舞いをしていなかった。彼が身を躱《かわ》したり、跳んだり、闘ったりする能力は、十七歳の若者にしても驚くべきものだったし、このよぼよぼの老牧師にあっては何かお道化《どけ》たお伽話《とぎばなし》のように見えた。おまけに、彼は私が思ったほど驚いていない様子だった。その目には何か楽しそうな表情さえ浮かんでいたが、バジルの目も同じだった。実際、不可解な真実を述べなければならない。かれらは二人共、笑っていたのである。

ついにショーターは追いつめられた。

「もうやめてください、グラントさん」彼は息を切らして言った。「あなたは私をどうすることもできませんよ。これはまったく合法的な行いなんです。それに、誰にも少しも危害を加えてはいません。ただの社交上のつくりごとにすぎません。複雑な社会の産物ですよ、グラントさん」

「君を咎《とが》めちゃいないよ」バジルは冷やかに言った。「だが、その頬髯が欲しいんだ。それから、その禿頭も。そいつはフレイザー船長のものかね？」

「いえ、いえ」ショーター氏は笑って言った。「自前です。フレイザー船長のものじゃありません」

「一体全体、これはどういうことなんだ？」私はほとんど絶叫に近い声を上げた。「君たちはみんな、とんでもない悪夢のうちにいるのか？　ショーターさんの禿頭がフレイザー船長のものだなんて、そんなことがどうしてあり得るんだ？　一体、フレイザー船長とこの一件に何の関わりがある？　あいつがどうしたっていうんだ？　バジル、君はあいつと食事をしたんだろう？」

「いや」とグラントは言った。「しなかったんだ」

「ソーントン嬢の晩餐会に行かなかったのか？」私は目を丸くして、たずねた。「なぜ？」

「うむ」バジルはゆっくりと奇妙な微笑みを浮かべて、言った。「じつはね、訪問客に引き留められたんだ。そのお客は、今僕の寝室にいるよ」

「君の寝室に？」私は鸚鵡《おうむ》返しに言ったが、想像力をすっかり刺激されていたので、石炭入れやチョッキのポケットの中にいる、と言われても信じそうなくらいだった。

グラントは奥の間の戸口に歩いて行くと、扉を大きく開けて、中に入った。それからふたたび出て来て、この破天荒な夜の最後の絶技を示した。申しわけないねといった態度で、一人の男の首根っ子をつかみ、居間へ連れ込んだのだ。それは弱々しい聖職者で、頭は禿げ、白い頬髯を生やし、格子縞の肩掛を羽織っていた。

「坐りたまえ、紳士諸君」グラントは元気良く手を拍《う》って、言った。「みんな、坐って一杯やりたまえ。君の言った通り、この一件には何も害はないし、フレイザー船長がもし一言それと匂わせてくれたら、高価《たか》い金を払わなくて済んだはずなんだ。それじゃ、君らとしては嬉しくないだろうがね」

瓜二つの二人の聖職者は、瓜二つのニヤニヤ笑いをしてバーガンディーをすすっていたが、これを聞くと高らかに笑った。一人は頬髯を無造作に引き剝がし、テーブルの上に置いた。

「バジル」私は言った。「友達なら、助けてくれ。一体どうなってるんだ？」

バジルはまた笑った。

「君の〝奇商コレクション〟が一つ増えただけさ、智天使《ケルブ》君。こちらのお二方は（今は、かれらの健康を祝して乾杯するが）〝職業的引き留め屋〟なんだ」

「一体そりゃア何だい？」と私はたずねた。

「じつに簡単なことなんですよ、スウィンバーンさん」かつてエセックス州チャンツィーのエリス・ショーター師だった男が語り始めた。しかし、その尊大な見慣れた姿から発せられた声は、もはやあの勿体《もったい》ぶった聞き慣れた声ではなく、若い都会人のキビキビした鋭い声音だったので、私は言うに言われぬ衝撃をおぼえた。「ほんとに、全然大したことじゃないんです。私たちはお客様にお金をいただきますと、何か害のない口実を設けて、おしゃべりをして、人を引き留めるんです。お客様が二、三時間厄介払いしたい人をね。そしてフレイザー船長は――」と言いかけたが、ためらって、ニッコリ笑った。

バジルも微笑み、口を挟んだ。

「じつを言うとね、フレイザー船長は僕の親友の一人だが、僕ら二人を厄介払いしたくてならなかったんだ。彼は今夜、東アフリカに向かって出帆するが、みんなが一緒に夕食を食べるはずだった御婦人は——その——僕の思うに、『彼の一生のロマンス』とでも言うべき人なのさ。船長は彼女と二時間過ごしたかったから、この二人の牧師さんを雇って、我々を家に引き留めたんだ——その場を独占するためにね」

「もちろん」とかつてのショーター氏が申しわけなさそうに言った。「紳士を家に引きとめて、御婦人との約束を破らせせなければいけないのですから、少々過激で、強力な——いささか差し迫った事情というのを持ち出さねばならなかったんです。生半可《なまはんか》なことじゃ駄目だったでしょうからね」

「ああ」と私は言った。「生半可なんてものじゃありませんでしたよ」

「有難うございます」男は恭しく言った。「お讃《ほ》めにあずかるのは、いつでも大変嬉しく思います」

もう一人の男は禿頭の鬘《かつら》を無造作にうしろへずらして、ふさふさした赤い髪の毛をあらわにすると、おそらく、バジルの素晴らしいバーガンディーが効いてきたのだろう、夢見るように語りはじめた。

「お二方、この商売は素晴らしく繁盛《はや》っているんですよ。私どもの事務所は朝から晩まで大忙しです。きっと、あなた方は以前にも度々《たびたび》私どもと出くわしていられるんじゃありませんかね。ちょっと考えてみてください。あなたが誰かに紹介してもらいたくて仕方がない時、年寄りの独身男が猟の話を蜿蜒《えんえん》と続けて、あなたを焦れったがらせたとします。その男は我が社から来ているんですよ。あなたがロビンソン家へ行こうとしたその時に、ある御婦人が教区の仕事で訪ねて来て、何時間も居坐ったなら、その御婦人は我が社から来ているんです。ロビンソンの手が蔭で操っているのかもしれませんよ」

「一つだけ理解できないことがあります」と私は言った。「なぜ、あなた方は二人共牧師なんです?」

エセックス州チャンツィーの臨時牧師の額を影がよぎった。

「それは失敗だったかもしれませんね」と彼は言った。「ですが、私どものせいではありません。フレイザー船長の気前の良さのためだったのです。あの方は、御両名をお引き留めするのに、私どもの料金表にのっている最高額の、一番才能のある者をお求めになりました。ところで、我が社で一番高い金額が支払われるのは、牧師に扮する者に対してなのです。牧師といえばもっとも尊敬すべき職業ですし、骨も折れますからね。私どもは一回の訪問につき、五ギニーもらっています。幸い、これまでの仕事で会社を満足させることができましたので、今は年中牧師をやっております。それ以前は二年間、陸軍大佐をいたしました。我が社の賃金表では二番目です。陸軍大佐は四ギニーなんです」

家宅周旋人の突飛な投資

部屋を出て行ったとたん、その人物についての会話が雷嵐のようにどっと沸き起こる――ドラモンド・キース中尉はそういう男だった。それは彼の持つさまざまな特徴が原因だった。中尉は気軽な、しまりのない人間で、まるで熱帯にいるかのように軽くて、しまりのない服を――通常白い服をまとっていた。豹のように痩せており、優雅で、落ち着きのない黒い眼をしていた。

彼ははなはだ金銭に窮していた。貧乏人特有の癖があり、それがもっとも惨めな失業者をも顔色なからしめるほどだった。私が言うのは、しょっちゅう下宿を替える癖である。ロンドンには、人工的文明の真っただ中にありながら、人間がほとんど遊牧民に還《かえ》ってしまったような内陸の諸区域がある。しかし、そうした落ち着きのない内部にいる襤褸《ぼろ》を着た浮浪者にも、だぶだぶの白い服をまとったこの優雅な士官ほど落ち着きのない者はいなかった。中尉はその言葉から察すると、若い頃は山鶉《やまうずら》から象に至るまで、じつにたくさんの物を撃ったらしいが、俗語を使うのが好きな知り合いに言わせると、彼の戦績赫々たるライフル銃の犠牲者のうちには、「お月さま」も稀《まれ》ではなかったという。*1 この言いまわしは気が利いていて、神秘的な、妖精的な夜の狩を暗示するではないか。

中尉は家から家へ、教区から教区へ、実質上五つの品目から成る道具一式を持ち歩いた。妙な格好の、刃の大きい槍が二本、これは一束にくくってあるが、どこかの蛮族の武器らしい。緑の蝙蝠傘と大判のボロボロになった『ピックウィック・クラブ遺文集』*2、大きな猟銃、そして何か汚《けが》らわしい東洋の葡萄酒が入っている、封をした大きな壺。こうした物がつねに、たとえ一夜の宿りであろうと、新しい住居に持ち込まれた。しかも、まったく隠しもしなくて、紐か藁《わら》でくくってあり、灰色の裏通りにいる詩的な浮浪児たちを喜ばせた。

言い忘れたが、中尉はまた、いつも昔の連隊の剣を持ち歩いた。だが、このことから彼について、もう一つの奇妙な疑問が生じたのである。彼は細身で活発だったが、もうあまり若くなかった。実際、髪はすっかり白髪だったし――とはいえ、やや手入れの悪い、イタリア人のような口髭はまだ黒々としていたが――顔は、イタリア的な陽気さの蔭で、苦労にやつれていた。中尉などという下《した》っ端《ぱ》の階級で陸軍を除隊する中年男というのは普通でないし、必ずしも好もしいとはいえない。用心深い堅実な人間にとって、この事実は、彼が果てしなく居所を変えることと同様、この謎めいた紳士を警戒する理由となった。最後にもう一つつけ加えると、彼は人が聞いて驚嘆はするが、尊敬はしない類《たぐい》の冒険を語る男だった。そうした冒険は、善良な人間ならば行かないような妙な場所から、阿片窟や賭博宿から生まれて来るものであり、泥棒の台所の温かさがあったり、人喰い人種の呪《まじな》いの奇妙な煙の匂いがしたりした。聞く者が信じても信じなくても、人の評判を落とす種類の物語なのである。もしもキースの話が嘘なら、彼は嘘つきだし、もし本当なら、彼は少なくとも、破落戸《ならずもの》になるあらゆる機会があったことになった。

中尉は、私がバジル・グラントと素人探偵でおしゃべりな弟ルーパートと一緒に坐っている部屋から、出て行ったところだった。そして、そんな場合は必ずそうなると言った通り、私たちはみな彼のことを話していた。ルーパート・グラントは頭の良い若者だったが、若さと頭の良さがぴったり組み合わさると、しばしば生ずる傾向、すなわち、少し度の過ぎた懐疑主義を有していた。到る所に疑いと罪を見出し、それは彼にとって糧《かて》であり、飲み物であった。私は彼のこの青臭い猜疑心に苛々することがよくあったが、この時は、明らかに彼の言うことが正しいと思っていたので、バジルが冗談まじりにとはいえ、異を唱えることに愕然とした。

＊1　俗語で「月を撃つ」は夜逃げをするという意味になる。
＊2　ディケンズ初期の有名な小説。ピックウィック氏が会長であるクラブの面々の旅と冒険を描く。

私は根が単純な人間なので、随分多くのことを鵜呑《うの》みにしたが、キース中尉の自伝ばかりは呑み込めなかった。

「まさか本気で言ってるんじゃないだろう、バジル」と私は言った。「あの男が本当にナンセン[*3]の船に密航したり、狂えるムッラー[*4]になりすましたりしたと思ってるんじゃあるまい」

「彼には一つ欠点がある」バジルは考え深げに言った。「あるいは、君は美点と見なすかもしれないがね。真実を、あまりにも正確かつあからさまな調子で語ることだ。あまりにも正直すぎるんだ」

「おやおや！　逆説を言いたいんなら」ルーパートが馬鹿にするように言った。「もうちょっと面白いことを言ってくれよ。たとえば、あいつが先祖代々のお屋敷に住んでるっていうようなことを」

「言うものか。彼は景観《ながめ》を変えるのが大好きだからね」バジルは冷淡に言った。「それに変なところに住むことがね。だからといって、彼の第一の特徴が物事を正確に言うことであるのに変わりはないよ。君たちはわかってないが、物事を露骨に、粗野に、ありのままに語ると、恐ろしく奇妙な話に聞こえるものなんだ。キースが語るような話は、人間が自分を名誉で飾ろうとしてでっち上げるようなことじゃない。あまりにも馬鹿げている。しかし、人間がもし浮かれ騒ぐ魂に満ちていれば、やりそうなことだ」

「逆説どころか」弟はやや冷笑に似たものを顔に浮かべて言った。「兄さんは新聞に載ってるような諺《ことわざ》が好きみたいだね。真実は虚構よりも奇なりと信じてるのかい？」

「真実は必然的に虚構より奇でなければならない」とバジルは静かに言った。「なぜなら、虚構は人間精神の創造物であるが故に、それと同質のものだからだ」

「しかし、あの中尉の真実は、それがもし真実だとすれば、僕が今までに聞いたどんな話よりも奇怪だ」ルーパートは軽薄な調子に戻って、言った。「ねえ、本当に、あの鮫《さめ》とカメラの話を信じるのかい？」

「僕はキースの言葉を信じる。あいつは正直者だ」

「あいつがいた下宿の女将さんたちに訊いてみたいね」ルーパートは辛辣に言った。

「僕としては、こう言わざるを得ないよ。彼本人のことだけを取ってみても、非難の余地がない人物とは考えられないんじゃないか」私は穏やかに言った。「ああいう暮らしぶりは――」

＊3　フリチョフ・ナンセン（一八六一－一九三〇）。ノルウェーの探検家。一八九三年、「フラム」号に乗って、北極遠征を行った。

＊4　ムハンマド・アブドゥラー・ハッサン（一八五六－一九二〇）。ソマリアの宗教的指導者で、反英独立運動を起こし、イギリス人からは狂えるムッラー（ムッラーはイスラム教の師）と呼ばれた。

その言葉が終わらないうちに、扉がいきなりバタンと開いて、ドラモンド・キースがふたたび戸口に現われた――頭に白いパナマ帽をかぶって。

「ねえ、グラント」中尉は紙巻煙草の先を扉にあてて、灰を落としながら言った。「今度の四月まで、僕は天下の一文無しなんだ。百ポンド貸してくれないか？　良《い》い子だから」

ルーパートと私は皮肉な顔をし、無言で顔を見合わせた。机の前に坐っていたバジルは回転椅子を大儀そうにまわして、鵞《が》ペンを取った。

「線引きにした方がいいかい？」と小切手帳を開いて、たずねた。

「実際」ルーパートはやや神経質に声を上げて言った。「キース中尉は、家族のいる前でバジルにこんなことを頼んでも差しつかえないと思っているのだから、僕は――」

「そら、受け取りたまえ、困った人だね」バジルはまったくケロリとしている士官の方に小切手をひらめかせて、言った。「君、急ぐのかい？」

「うん」キースはややぶっきら棒にこたえた。「じつをいうと、今すぐ必要なんだ。僕は――その――商売人に会いたいんでね」

ルーパートは厭味《いやみ》な目つきで彼を見ていたが、今にもこんな言葉が口から出そうだった。

「きっと、故買屋だろう」しかし、実際に言った言葉は、こうだった。

「商売人？　それは少々大まかな言い方ですね、キース中尉」

キースはきっと彼を見て、それから、少し不機嫌そうに言った。

「ブルックベンド荘の悲劇」アーネスト・ブラマ　井上勇訳
「急行列車内の謎」F・W・クロフツ　橋本福夫訳

3巻

「偶然の審判」アントニイ・バークリー　中村能三訳
「密室の行者」ロナルド・A・ノックス　中村能三訳
「ボーダーライン事件」マージェリー・アリンガム　猪俣美江子訳 ※新訳
「二壜のソース」ロード・ダンセイニ　宇野利泰訳
「夜鶯荘」アガサ・クリスティ　中村能三訳
……など全11編（予定）

4巻

「殺人者」アーネスト・ヘミングウェイ　大久保康雄訳
「スペードという男」ダシール・ハメット　田中小実昌訳
「いかれたお茶会の冒険」エラリー・クイーン　中村有希訳 ※新訳
「オッターモール氏の手」トマス・バーク　中村能三訳
「疑惑」ドロシー・L・セイヤーズ　宇野利泰訳
……など全9編（予定）

5巻

「爪」ウィリアム・アイリッシュ　門野集訳 ※新訳
「ある殺人者の肖像」Q・パトリック　橋本福夫訳
「危険な連中」フレドリック・ブラウン　大久保康雄訳
「好打」E・C・ベントリー　井上勇訳
「黄金の二十」エラリー・クイーン　小西宏訳

……など全11編（予定）

わが国の翻訳文化を支えてきた
名翻訳家《レジェンド》たちの手による
推理短編の精髄がここに

世界推理短編傑作集 全5巻

1巻

「序」江戸川乱歩
「盗まれた手紙」エドガー・アラン・ポオ　丸谷才一訳 ※追加
「人を呪わば」ウィルキー・コリンズ　中村能三訳
「安全マッチ」アントン・チェーホフ　池田健太郎訳 ※原語からの翻訳
「赤毛組合」アーサー・コナン・ドイル　深町眞理子訳 ※追加
「レントン館盗難事件」アーサー・モリスン　宇野利泰訳
「医師とその妻と時計」アンナ・キャサリン・グリーン　井上一夫訳
「ダブリン事件」バロネス・オルツィ　深町眞理子訳 ※新訳
「十三号独房の問題」ジャック・フットレル　宇野利泰訳

2巻

「放心家組合」ロバート・バー　宇野利泰訳
「赤い絹の肩かけ」モーリス・ルブラン　井上勇訳
「奇妙な跡」バルドゥイン・グロラー　垂野創一郎訳 ※原語からの新訳
「奇妙な足音」G・K・チェスタトン　中村保男訳 ※追加
「ズームドルフ事件」M・D・ポースト　宇野利泰訳
「オスカー・ブロズキー事件」オースチン・フリーマン　大久保康雄訳
「ギルバート・マレル卿の絵」V・L・ホワイトチャーチ　中村能三訳

「彼は何とかいう――そう、家宅周旋人なんです。これから会いに行くんですよ」

「ほう、家宅周旋人に会いに行くんですね？」ルーパート・グラントは険しい顔で、言った。「じつはね、キースさん、ぜひともあなたと同行したいのですが」

バジルは声を立てずに笑って、身体を震わせた。キース中尉は少しハッとし、その顔が急に曇った。

「失礼、今何とおっしゃいましたか？」

ルーパートの顔は次第次第に残忍な皮肉の表情を深めていった。彼はこう答えた。

「その家宅周旋人のところへ、ぶらぶらついて行ってもかまいませんかと申し上げたんです」

訪問者は突然、つむじ風のように激しく杖を振りまわした。

「ああ、いいですとも、私の家宅周旋人のところへいらっしゃい！　私の寝室へいらっしゃい。私のベッドの下を覗いて、ゴミ箱を調べなさい。どうぞ、おいでなさい！」そう言うと、私たちが息を呑むほどの激しさで、扉をバタンと閉め、部屋から出て行った。

ルーパート・グラントは、落ち着きのない青い眼を探偵の興奮に踊らせながら、まもなく中尉と肩を並べて歩き、あの見え透いた馴々《なれなれ》しさで話しかけた。変装した警官は変装した犯罪者にそんな風に話しかけるのが適当だと思っていたのである。たしかに、彼のこの考えにはある点で根拠があった。一緒に歩いている男は明らかに不安そうで、苛立ち、神経を昂ぶらせていたからである。バジルと私はうしろから歩いて行ったが、二人共そのことに気づいていて、それを互いに言うまでもなかった。

ドラモンド・キース中尉は私達の先頭に立ち、くだんの家宅周旋人を探したが、彼が入って行ったのはじつに異様な、そんな業者などいそうにない界隈《かいわい》だった。グラント兄弟もこの事実に気づかずにはいなかった。街路が次第に狭まって曲がりくねり、家々の屋根が低くなり、溝《どぶ》に汚ない泥が目立って来るにつれて、バジルの顔に浮かんだ好奇心は暗澹《あんたん》と深まり、ルーパートの後姿は、どうだと言わんばかりに威張り返って、道をふさいでいるようだった。しまいに、その不毛な地域の痩せた灰色の街路を四、五本通り抜けて、どんづまりにさしかかった時、一行は急に立ち止まった。謎めいた中尉はむっつりした捨鉢《すてばち》な様子で、もう一度まわりを見た。鎧戸《よろいど》が並び、扉がある一軒の家の——何とも言えず薄汚れた外見で、大きさは安い玩具屋にも足りない家だったが、その扉の上にこういう看板がかかっていた——「P・モンモレンシー、家宅周旋人」

「これが私の言った事務所です」キースは辛辣な口調で言った。「ここでしばらく待っていてくれませんか。それとも、あなたは驚くほど私の幸福を気遣ってくださるので、私が取引の相手に言わねばならないことを、逐一お聞きになりたいですか？」

ルーパートの顔は興奮のために青白くなり、顫《ふる》えていた。もうこうなっては、いかなることがあっても獲物を諦めはしなかっただろう。

「もしおかまいなければ」彼は背中にまわした両手を握りしめて、言った。「お言葉に甘えても差しつかえはないと——」

「そんなら、お入りなさい」中尉は癇癪《かんしゃく》を起こしたように言った。彼はどうにでもしろというような、あの仕草をすると、扉をバタンと開けて事務所に入り、私たちもあとに続いた。

家宅周旋人、Ｐ・モンモレンシーは年老《と》った紳士で、剝きだしの茶色いカウンターのうしろにポツンと一人坐っていた。頭は卵のような格好で、顎は蛙に似ており、顔の下半分を灰色の髯《ひげ》が光輪のように縁取り、赤らんだ鷲鼻《わしばな》が顔全体を結合していた。くたびれた黒のフロックコートを着て、半ば事務員風のネクタイを、まるで事務員らしくない角度に結んでおり、全体として言うと、およそ家宅周旋人らしくはなく、サンドイッチマンかスコットランド高地人のようだった。

私たちは部屋の中にたっぷり四十秒は立っていたが、その間、奇妙な老人はこちらに見向きもしなかった。じつを言うと、この人物も奇妙なことは奇妙だったが、私たちも彼に目を向けなかったのである。私たちの目は老人の目と同様、彼の前のカウンターを這いまわっている物に注がれていた。それは白臭猫《フェレット》だった。

沈黙を破ったのはルーパート・グラントだった。彼はあの快い鋼《はがね》のような声でしゃべったが、この声はここ一番という機会にそなえて、寝室で何時間も練習していたのである。

彼は言った。

「モンモレンシーさんですね？」

老紳士はハッとして、鈍《にぶ》い戸惑った表情で面を上げた。白臭猫《フェレット》の頸をつまみ、そのままズボンのポケットに詰め込むと、申しわけなさそうに微笑んで言った。

「さようです」

「あなたは家宅周旋人ですね？」とルーパートがたずねた。

この犯罪研究家が喜んだことに、モンモレンシー氏の目は不安そうにさまよい、この場で唯一の知人であるキース中尉の方を向いた。

「家宅周旋人ですか」ルーパートはもう一度言ったが、まるで「押込み強盗か」とでもいう風に、その言葉を発したのである。

「はい……はい、さようです」男は震える、媚《こ》びるような微笑を浮かべて、言った。「私は家宅周旋人です……ええ、そうです」

「ふむ。僕の思いますに」ルーパートはせせら笑うような滑らかさで言った。「キース中尉はあなたと話がしたいようです。僕らは彼に頼まれて来たんですよ」

キース中尉は憂鬱そうにうなだれていたが、やっと口を開いた。

「例の私の家のことで来たんです、モンモレンシーさん」

「かしこまりました」モンモレンシーは平らなカウンターの上に指を広げて、言った。

「もう用意はできております。あなたのおっしゃったことについては、それぞれ考慮いたしました――その――枝――」

「よろしい」キースは鉄砲の弾を撃つような、驚くべき手際の良さで、相手の言葉を遮《さえぎ》った。「そのことは気にする必要はありません。言った通りにしてくれたのなら、それで良いんです」

そう言って、急に扉の方をふり返った。

家宅周旋人モンモレンシー氏の姿は悲哀を絵に描いたようだった。彼は少し口ごもって、言った。「すみません……キース様……じつは、もう一つ問題がありまして……それについては自信がありませんでしたので。目下の条件で可能な限り、暖房器具を取りつけようと試みましたのですが……しかし、冬は……あの高さですと……」

「あまり期待はできないというのかね？」中尉はまたも唐突に、巧く相手の言葉を遮った。「うん。もちろん、そうでしょうとも。それはかまいませんよ、モンモレンシーさん。ほかに問題はないはずです」と言うと、扉の取手に手をかけた。

「どうやら」ルーパート・グラントが悪魔的な慇懃《いんぎん》さで言った。「モンモレンシーさんはまだ言うことがあるようですがね、中尉」

「あの、一つだけ」家宅周旋人は絶望して言った。「鳥のことはどうなさいます？」

「何ですって？」ルーパートは、私たちもそうだったが、ぽかんとして尋ねた。

「鳥のことはどうなさいます？」家宅周旋人は意固地《いこじ》に言った。

バジルはこの間ずっとナポレオン的な沈着を――いや、もっと正確に言うと、ナポレオン的な愚鈍を――貫《つらぬ》いていたが、突然、獅子のごとき頭を上げた。

「行く前に、キース中尉」と彼は言った。「さあ、答えてくれたまえ。本当に、鳥のことはどうするんだね？」

「そのことは気をつける」キース中尉は長い背中をこちらに向けたまま言った。「迷惑をかけないように」

「有難うございます。お客様、有難うございます」何を考えているのか知れない家宅周旋人は、有頂天になって言った。「私が心配いたしますのを御勘弁ください。御存知の通り、私は野生動物《ワイルド・アニマル》に夢中でしてね。夢中《ワイルド》ということでは、動物たちの誰にも負けませんよ。有難うございますが、しかし、もう一つのことが……」

中尉は我々に背を向けたまま、いきなり何とも表現しがたい笑いを爆発させて、クルリとこちらをふり返った。その笑いは直截《ちょくせつ》で重要な意味を持っていたが、その意味をはっきり説明することはできない。彼が言わんとしたことをできるだけ言葉に換えれば、こうなるだろう。「いいか、邪魔をしたければ、するがいい。しかし、君たちは何を邪魔しようとしているか知らないんだ」

「もう一つございます」モンモレンシー氏は弱々しい声でつづけた。「もちろん、人が訪ねて来るのがお厭《いや》ならば、家を緑にお塗りになるのでしょうが、しかし――」

「緑だ！」とキースは叫んだ。「緑だ！　緑でなければ駄目だ。ほかの色の家は要らん。緑だ！」そして、私たちには何一つ理解できないうちに、ドアがバタンと鳴り、私たちと外の街路《とおり》とを隔てた。

ルーパート・グラントは我に返るのに少し時間がかかったようだが、それでも、扉の音の反響《こだま》が消える前に口を開いた。

「あなたのお客のキース中尉は少し興奮していたようですね。一体どうしたんです？　具合でも悪いんですか？」

「いえ、そうではないと思います」モンモレンシー氏はいくらかまごついて言った。「この交渉はいささか難しかったのです――あの家は少々――」

「緑ですか」ルーパートは冷静に言った。「そこが非常に重要な点らしいですね。少々緑でないといけないんだ。モンモレンシーさん、外にいる連れと合流する前に、お訊ねしても良いですか？　あなたの御商売では、何色の家が欲しいといわれることはよくあるんですか？　お客は家宅周旋人にピンクの家が欲しいとか、青い家が欲しいとか書いてよこすんですか？　あるいは、もう一つ例を挙げれば、緑の家が欲しいと？」

「それはただ」モンモレンシーは震えながら言った。「ただ、目立たないためです」

ルーパートは無情に微笑《わら》っていた。「教えていただけませんか。この地上のどこに、緑の家が目立たない場所がありますか？」

家宅周旋人は神経質にポケットの中をいじくりまわしていた。二匹の蜥蜴《とかげ》をゆっくりと取り出し、カウンターの上に置いて、走るにまかせながら言った。

「いいえ。申し上げられません」

「大まかにでもいいから、説明をしてもらえませんか？」

「できません」モンモレンシー氏はゆっくりと立ち上がったが、その仕草は状況が急に変わったことを仄《ほの》めかすようだった。「できません。それにみなさん、恐縮ですが、多忙な人間としておたずねしてもよろしいですか。私の仕事に関しまして、何か御用はおありですか？　どういう家を探して欲しいとお望みですか？」

彼は無表情な青い眼を開いて、ルーパートを見た。ルーパートは一瞬、怯《ひる》んだようだった。それから落ち着きを取り戻し、申し分ない常識をもって答えた。

「すみません、モンモレンシーさん。あなたのおっしゃることがあまりに魅力的なので、外にいる友人と一緒になるのがつい遅れてしまいました。無躾《ぶしつけ》な真似をしたようですが、どうかお赦し下さい」

「どういたしまして」家宅周旋人はそう言うと、チョッキのポケットから南アメリカ産の蜘蛛を一匹なにげなく取り出して、机の斜面を這い登らせた。「どういたしまして。また御贔屓《ごひいき》に願います」

ルーパート・グラントは怒りにかられて事務所からとび出した。キース中尉に詰め寄ろうと思っていたが、もう中尉はいなかった。星空の下のぼんやりと薄暗い街路は無人だった。

「さあ、これをどう思う?」ルーパートは兄に向かって言った。兄は今は何も言わなかった。

私たちは三人共、黙って街路を大股に歩いて行った。ルーパートは熱っぽく、私自身は茫然として、バジルは見たところ、ただ冴えない様子だった。灰色の街路から街路を抜けて、角を曲がり、広場を横切ったが、時折酔っ払いが二、三人かたまっているほかは、ほとんど人に出会わなかった。

しかし、とある小さな通りで、二、三人がいきなり五、六人になり、それから大きな集団に、そして群衆になった。その群衆はほんの少ししか動いていなかった。しかし、永遠に変わらぬ大衆というものを知る人は誰でも知っていることだが、もし群衆の外側が少しでも動いていたなら、人混みの中核には狂気があるのである。やがて明らかになったが、この興奮の中心では、本当に重大なことが起こったのだ。私たちはロンドンっ子だけが知るコツでソロソロと前列に進み出たが、そこへ行くと、すぐに事件の性質がわかった。六人ほど[*5]の男の間で喧嘩が起こり、一人は死んだようになって通りの敷石の上に倒れていたのである。他の四人について私たちに関心のある事柄は、すべて一つの由々《ゆゆ》しき事実に呑み込まれていた。人死にの出たらしい激しい乱闘に生き残った四人のうち、一人は真っ白い服を着たキース中尉で、服は破れてズタズタになり、眼はギラギラと燃え、拳に血がついていた。しかし、もう一つ、さらに悪いことがあった。短い剣か、長いナイフが彼の優雅な散歩杖から引き抜かれ、目の前の敷石の上に落ちていたのだ。もっとも、血はついていないようだった。

警察はすでにものものしい全能の権限をもって人だかりの中心に押し入っていたが、そうしている最中にも、ルーパート・グラントは抑えきれぬ耐えがたい秘密を胸に抱いて、前にしゃしゃり出た。

「あの男です、お巡りさん」彼はぼろぼろになった中尉を指さして、叫んだ。「こいつは怪しい人物です。人殺しをしたんです」

「誰も人は殺していませんよ」警官は自動的な慇懃さで言った。「あの男は怪我をしただけです。私は乱闘に加わった人間の名前と住所を書き留めて、かれらをしっかり監視することができるだけです」

「あの男をしっかり監視してください」ルーパートは唇まで青くなって、ひどい格好をしたキースを指さした。

「わかりました」警官は冷静にそう言うと、そこにいる人間一人一人の住所を順番に訊いた。それが済んだ頃にはもう夕闇が下り、取り調べに直接関係のない人々はあらかた立ち去っていた。しかし、一人の熱心な顔をした部外者がこの事件の周縁に居残っていた。ルーパート・グラントだった。

「お巡りさん」と彼は言った。「特別な理由《わけ》がありまして、一つ質問したいのです。教えてくれませんか――喧嘩騒ぎの最中に仕込み杖を落としたあの軍人は、住所を教えましたか？」

「ええ」警官は少し考えてから言った。「ええ、住所を言いました」

「僕はルーパート・グラントといいます」とこの男はいささか偉そうに言った。「一度ならず警察のお手伝いをしたことがあります。特別のおはからいとして、その住所を教えていただけないでしょうか？」

巡査は彼を見て、ゆっくりとこたえた。

「いいですとも。お望みなら申しましょう。あの男の住所は――『サリー州、パーリー近郊のバクストン・コモン、楡の木《エルムズ》』です」

「有難う」ルーパートはそう言うと、深まる夕闇の中を、脚力の許す限りの速さで家に駆け戻った――頭の中で問題の住所を繰り返しながら。

＊5　原文（some six men）のママ。

ルーパート・グラントは平生《ふだん》王侯のように寝坊をして、朝食に下りて来るのだった。どういうわけか、甘やかされた弟という態度を取ることにつねに成功していた。しかし、その翌朝、バジルと私が下りて行くと、彼はもう席に着いて、そわそわしていた。

「ねえ」彼は私達がまだ腰かけないうちに、きっと兄の方を向いて言った。「ドラモンド・キースのことを今はどう思う？」

「どう思うかって？」バジルはゆっくりとたずねた。「べつに何とも思わないね」

「それを聞いて嬉しいよ」ルーパートはいささか得意な様子で、トーストにバターを塗りながら言った。「あなたもしまいには僕の意見に賛成すると思ったんだ。でも、正直言って、兄さんが初端《はな》からわからなかったのには驚いたよ。あいつはどこからどう見たって嘘つきの悪党だからね」

「どうやら」バジルは以前と同じ、重々しい一本調子で言った。「僕の言いたいことがはっきり伝わらなかったようだね。何とも思わないと言ったのは、文字通りの意味で、そう言ったんだ。あいつについて考えないと――あいつは僕の心を占めていないという意味でだ。だが、君はあいつが悪党だと考えているんだから、奴についていろいろ考えているようだね。僕自身は、あいつは目眩《まばゆ》いばかりに善良な奴だと思うね」

「兄さんは時々、逆説のための逆説を言うような気がする」ルーパートは卵を不必要に強く割りながら言った。「一体、そりゃアどういう意味なんだい？ ここに一人の男がいて、そいつの素姓が疑わしいことは、我々みんな認めている。そいつは放浪者で、法螺《ほら》吹きで、世にも兇悪な血なまぐさい場面を知っているのを隠そうともしない。僕らはわざわざあいつのあとについて、あいつの約束した場所へ行く。そして、もし二人の人間が謀略《はかりごと》をして、ほかのみんなに嘘をついたとすれば、あいつとあのとんでもない家宅周旋人こそ、その二人だった。僕らはあいつの帰り道について行ったが、まさにその夜、奴は人が死ぬか死なないかという喧嘩のまっただ中で、一人だけ武器を持っていた。実際、もしもこれが目眩いばかりに善良ということだとすると、僕はそんな目眩さには目を昏《くら》まされやしないと言わねばならないね」

バジルは少しも動じなかった。「彼の道徳的善良さが特別な種類のもので、風変わりな、たぶん行き当たりばったりのものであることは認めるよ。あいつは変化と実験が大好きなんだ。しかし、君が彼に不利な事柄としてお見事に並べ立てた点は、すべてただの偶然か、手前勝手な陳述にすぎない。彼が我々の前で家のことを話したがらなかったのは本当だ。誰だって同じだろう。彼が仕込み杖を持ち歩いているのは本当だ。誰がそうしてもおかしくない。彼が街中の喧嘩でそれを抜いたのは本当だ。誰だって、そうするだろう。しかし、こうしたことには本当に疑わしい点は何もない。何もはっきりとした――」

彼がしゃべっている間に、扉を叩く音がした。

「もし、お邪魔いたしますが」大家の女将さんがただならぬ声で言った。「お巡りさんが会いたいと言っています」

「通して下さい」一座がしんと静まった中でバジルが言った。

戸口に現われたのは、がっしりした身体つきで男前の巡査だったが、そこに現われるとほとんど同時にしゃべり出した。

「みなさまのうちのお一人が」と素っ気ないが敬意をこめた口調で言った。「昨夜コッパー街で事件が起こった際、そこに居合わせて、本官の注意をある男に強く向けたと思いますが」

ルーパートはダイヤモンドのように目を輝かせ、椅子から腰を浮かしたが、巡査は一枚の紙を見ながら冷静に話をつづけた。

「灰色の髪の若い男でした。薄い灰色の服を着ており、非常に良い服でしたが、格闘をして破れていました。ドラモンド・キースと名乗りました」

「こいつは面白い」バジルが笑いながら言った。「私はちょうど今、あの気の毒な士官がいささか空想的な中傷を受けているので、汚名を晴らそうとしていたのです。彼がどうかしましたか？」

「はい」と巡査は言った。「本官は男たちの住所を全部控えて、かれらを監視させておきました。それ以上のことをするほど深刻な事件ではありませんでしたから。ほかの住所は全部正しいのです。ところが、このキースという男は嘘の住所を言ったのです。そんな場所は存在しません」

ルーパートが両方の太腿を打ってガバと立ち上がったため、朝食のテーブルは引っくり返りそうになった。

「あらゆる良いものにかけて」と彼は叫んだ。「これこそ天から現われた象徴《しるし》だぞ」

「たしかに、尋常じゃありませんな」バジルは眉をひそめて静かに言った。「あの男が虚偽《いつわり》の住所を言ったというのは変ですな。あいつはまったく無実だったんですから、あの――」

「兄さんは初期キリスト教徒はだしの愉快なお馬鹿さんだね」ルーパートは有頂天になって叫んだ。「判事が勤まらなかったのも、無理はないよ。誰でも自分と同じような善人だと思ってるんだからね。もうはっきりしてるじゃないか？　疑わしい知り合い、乱暴な話、じつにいかがわしい会話のやりとり、みすぼらしい通り、隠したナイフ、人が一人殺されそうになって、しまいに嘘の住所と来た。それが、我々の言う目眩いばかりの善良さなんだ」

「たしかに、これは尋常じゃない」とバジルが繰り返した。彼は憂《うれ》わしげに部屋の中を歩きまわり、それから言った。「お巡りさん、たしかに間違いはありませんね？　住所をちゃんと書き留めて、警察が実際にそこへ行ったら、虚偽《いつわり》だとわかったんですね？」

「じつに単純なことでありました」警官はクスクス笑いをして言った。「あの男が言った場所はロンドンに近い良く知られた共有地で、今朝みなさんがまだお目醒《めざ》めにならないうちに、警察の者があちらへ参ったのです。ところが、そんな家はありやしません。実際、家などほとんどないのです。あそこはロンドンのすぐ近くですが、がらんとした荒野で、木は五本と生えておりませんし、ましてや人間の影などは見えません。そうです、あの住所はいつわりだったのです。あいつは悪賢いごろつきで、イングランドでも人が知らない盲点のようなところを選んだんですな。あのヒースの野原のどこかに、これこれの家が建っていないとすぐに断言できる者はいないでしょう。しかし、現実として家などないのです」

このもっともな話を聞いている間、バジルの顔は一種絶望的な賢さを浮かべて、次第次第に暗くなった。彼が追い詰められたのは、知り合って以来、ほとんど初めてだった。それに本当のことを言うと、わたしは彼がまるで子供のように最初の思い込みにこだわり、あの大いに疑わしい中尉を好意的に見ているのが不思議でならなかった。しまいに、バジルは言った。

「本当に共有地を探してみたんですか？　その住所は本当に、その近辺で知られていなかったんですか――ところで、住所は何というところなんです？」

巡査は紙片を一枚選び出して、それを見たが、彼が口を利くよりも先に、ルーパート・グラントが――まさしく物静かな勝ち誇る探偵といった姿勢で、窓に凭《もた》れていたのだが

——お得意のはっきりした快い声で割り込んだ。

「うん、それなら知ってるよ、バジル」ルーパートは窓辺の鉢植から葉をなにげなく引き抜きながら、優雅に言った。「昨夜、念のために巡査からあいつの住所を聞いておいたんだ」

「どこなんだね?」兄はぶっきら棒にたずねた。

「もし間違っていたら、お巡りさんが訂正してくれるだろう」ルーパートは楽しそうに天井を見上げて、言った。「『サリー州パーリー近郊、バクストン・コモン、楡の木《エルムズ》』だった」

「その通りです」警官は笑ってそう言いながら、書類を折りたたんだ。

沈黙があり、バジルの青い眼は二、三秒、ぼんやりと虚空をながめていた。やがて、彼は椅子に坐ったまま突然顔をのけぞらせたので、私は具合でも悪いのかと思って、ぎょっとした。しかし、それ以上何もしないうちに、彼の上下の唇が飛び離れ(私にはほかの言いまわしが思いつかない)、巨人のような哄笑が天井を撃ち、震わせた——笑いを震わせる笑い、倍加した笑い、癒しがたい笑い、止めることのできない笑いが。

たっぷり二分間経っても、笑いはまだ熄《や》まなかった。バジルは笑いすぎて苦しそうだったが、それでも笑った。ほかの者は、もうこの頃になると、ほとんど恐怖を感じて気分が悪くなっていた。

「失礼」と狂人はしまいに立ち上がって、言った。「まことに申しわけない。じつに無礼千万だし、愚かだ。それに実際的でない。なぜなら、あの場所へ行くとなると、時間をあまり無駄にできないからね。僕はたまたま知ってるんだが、あそこまでは汽車の便がおそろしく悪いんだ。割合と距離は近いのに、全然それと釣り合っていない」

「あの場所へ行く?」私は茫然として繰り返した。「どこへ行くっていうんだ?」

「名前を忘れてしまった」バジルは立ち上がりながらポケットに両手を入れて、曖昧に言った。「パーリー近郊の何とかいう共有地《コモン》だったな。誰か時刻表を持ってないかい?」

「まさか本気じゃないだろ」一種の混乱した感情で見つめていたルーパートが叫んだ。「本気でバクストン・コモンへ行きたいっていうんじゃないだろう? まさかそんなつもりじゃあるまい」

「どうしてバクストン・コモンへ行っちゃいけないんだね?」バジルは微笑《わら》いながら、たずねた。

「どうして、行く必要があるんだ?」弟はそう言うと、また窓辺の鉢植を所在なくつかんで、相手をじっと見つめた。

「もちろん、我らが友、中尉殿を見つけるためさ」とバジル・グラントは言った。「君は中尉を見つけたいんじゃなかったのかね?」

ルーパートは鉢植の枝を荒々しく折ると、苛立たしげに床に投げつけた。「あなたは彼を見つけるために、人間が住み得るこの地上で、彼がいるはずはないとわかっている唯一の場所へ行くという、素敵な手段を提案するわけだね」

巡査と私は相槌を打つように笑い出さずにいられなかったので、この一家持ち前の雄弁の才を持つルーパートは、それに励まされて、同じ仕草を繰り返しながら話をつづけた。

「あいつはバッキンガム宮殿にいるかもしれない。聖《セント》ポール寺院の十字架に跨《また》がっているかもしれない。牢屋にいるかもしれないし（それが一番ありそうに思えるがね）、大観覧車《グレート・ホイール》＊6に乗っているかもしれない。うちの食料貯蔵室にいるかもしれない。ここの戸棚にいるかもしれない。だが、宇宙の数知れない地点のうちにただ一つだけ、組織的に探したけれども、彼がいないことがわかっている地点がある――それが、もし僕の聞き違いでなければ、兄さんが行けという場所なんだ」

「その通り」バジルは冷静にそう言いながら、大きな外套を着た。「君は喜んでついて来るんじゃないかと思ったんだが。もしそうでなければ、もちろん、僕が帰って来るまでここで愉快にやっていたまえ」

人間はつねに消えようとするものを追いかけ、それらが本当にいなくなる決意を示すと、

＊6　ロンドンのアールズ・コートにあった観覧車。インド帝国博覧会のために建設され、一八九五年に開業。一九〇七年に解体された。

大切な物だと思う性質がある。私たちはみんなバジルについて行ったが、その理由はわからない――ただ、彼が消えようとするものであって、大外套にステッキという扮装《いでたち》で決然と消えて行ったからだという以外には。ルーパートは合理的な頭の中を相当慌てふためかせて、バジルのあとを追いかけた。

「ねえ」と彼は言った。「あの馬鹿げた藪《やぶ》へ行って、何か役に立つと本当に思ってるのかい？　そんなところへ行っても、ただ踏み慣らされた道があって、ねじくれた木が二、三本立っているだけなのに。乱暴者の中尉が面倒を起こして、嘘の身元照会先を言おうとした時、真っ先に思い浮かんだのがその場所だっていう、ただそれだけの理由で行くんだろう？」

「そうだ」バジルは懐中時計を取り出して、言った。「しかも、もっと悪いことに、汽車に乗り遅れてしまった」

彼はちょっと口をとざし、それから、こう言い足した。「実際問題として、もう少し経ってから行った方が良さそうだな。僕は書き物をしなきゃならんし、ルーパート、君はダルウィッチ美術館[*7]へ行くとか言ってたろう。僕は少々せっかちすぎた。たぶん、あいつは家にいないだろう。けれども、五時十五分の列車に乗って行けば、パーリーに六時頃着く。ちょうどあいつをつかまえられると思う」

「つかまえる！」弟は堪忍袋の緒が切れたように、言った。「それができればいいんだがね。一体、どこで奴をつかまえられるっていうんだい？」

「あの共有地の名前をすぐ忘れてしまうな」バジルは外套のボタンを掛けながら、言った。「楡の木《エルムズ》――どこのだっけ？　パーリー近郊のバクストン・コモンだった。彼はそこにいるだろう」

「でも、そんな場所はないんだ」ルーパートは呻《うめ》いたが、兄のあとについて階下《した》へおりた。

私たちはみんなバジルについて行った。帽子掛けから帽子を取り、傘立てからステッキを取った。なぜついて行ったのかはわからなかったし、今でもわからない。しかし、その事実が何を意味するのであろうと、バジルの支配力がどういう性質のものであろうと、私たちはいつも彼について行った。そして奇妙なことに、彼の言うことが無意味なたわごとに思われれば思われるほど、いっそう従順について行ったのである。たとえ彼が朝食の席から立ち上がって、「尻尾が十本ある聖なる豚を探しに行く」と言ったとしても、世界の果てまでついて行ったのではないかと内心思っている。

この時、私がバジルに対して抱いていた謎めいた感情が、その晩の奇妙な旅の、いわば暗く曇った色彩を帯びていたかどうかはわからない。パーリーから南へ向かった時、夕闇

＊7　一八一七年に公開されたイギリス最古の公共美術館で、ロンドン南部のダルウィッチにある。建築家ジョン・ソーンが建物を設計した。

はもう濃く垂れ込めていた。ロンドンの郊外や街外れにある物は、たいていの場合、平凡で快適かもしれない。しかし、もし何らかの偶然で、そこが本当に空っぽな寂しい場所であった場合、そこは人間の精神にとって、ヨークシャーの荒野《ムーア》や高地地方《ハイランド》の山々よりも荒寥《こうりょう》とした非人間的な場所なのである。なぜなら、旅人が静寂につつまれる唐突さに、何か邪悪な妖精国めいたものがあるからだ。神に半ば忘れられた宇宙のうらぶれた郊外――パーリー近郊、バクストン・コモンはそんな場所であった。

そこの風景自体に、まさしく灰色の空《むな》しさのようなものがあった。しかし、それは私たちがこの遠出に感じていた灰色の空しさによって途方もなく増していた。褐色の芝生の広がりは無用の物に見えたし、そこここで風に吹かれている木々も無用の物に見えたが、人間である私たちこそ、希望のない芝生よりも、つまらない木々よりも、もっと無用の長物に思われた。私たちはこの愚かな風景に似た狂人だった。というのも、人をおびき寄せ、人を沼地に残して行く野生の鵞鳥《がちょう》を最初から追って来たのだから。私たちは一人の狂人を隊長とする三人のまごついた男たちで、そこにいないとわかっている男を、存在しない家の中に見つけようとしているのだった。土気色の夕陽が、消え去る前に一種の陰気な微笑を浮かべて、私たちを見ているようだった。

バジルは外套の襟を立てて、先頭を歩いて行った。その姿は薄闇の中でグロテスクなナポレオンのように見えた。闇が深くなりまさる中、私たちはまったく無言で、風の吹く共有地の丘また丘を越えて行った。と、突然バジルが立ちどまり、両手をポケットに入れたまま、こちらをふり返った。首尾良く事をなし遂げたように、口を大きく開いて笑っているのが、夕闇の中でかろうじて見てとれた。

「さあ」彼は厚い手袋をした両手をポケットから出し、打ち合わせて叫んだ。「やっと着いたぞ」

家のないヒースの野を風が悲しげに渦巻いていた。頭上の空に二本の寂しげな楡《にれ》の木が、形のない灰色の雲のように揺れていた。見渡す限り、陰鬱な風景には人や獣の影もなく、その荒野のただなかにバジル・グラントが立ち、扉を開けて待っている宿屋の亭主といった格好で、揉み手をしていた。

「文明世界に戻るのは何て楽しいんだろう」と彼は叫んだ。「文明が詩的でないというのは文明人の錯覚だ。自然の中で、悪魔のような森と残酷な花々の中で本当に迷子《まいご》になってみたまえ。そうすれば、人間が暖炉に点《とも》す赤い星にまさる星はなく、人間の赤い川、上等な赤い葡萄酒にまさる川はないことを悟るだろう――ところで、ルーパート・グラント君、君を少しでも知っている者としていうと、君はもう二、三分したら、その葡萄酒をしたま飲んでいるだろう」

ルーパートと私は恐怖の眼差しを交わした。荒涼たる木々の中を吹き抜ける風が熄み、バジルは元気良く語りつづけた。

「これから我々をもてなしてくれる人物は、自分の家にいる時はずっと単純な奴だとわかるだろう。僕は彼がヤーマスで船の船室に住んでいた時、それからロンドンの倉庫の屋根裏に住んでいた時も訪ねて行ったが、そうだった。あいつは本当に良い奴だ。しかし、彼の最大の美点は、やはり僕が最初に言ったことなんだ」

「どういう意味だい？」私は彼の話がいくらか正気に近づいて来たのに気づいて、たずねた。「何が最大の美点なんだ？」

「最大の美点は」とバジルは答えた。「つねに文字通りの真実を言うことさ」

「しかしね」ルーパートは寒いやら腹が立つやらで足を踏み鳴らし、辻馬車の御者《ぎよしや》のように自分の身体を掌でピシャリピシャリと叩きながら、叫んだ。「今度の件では、あまり文字通りの真実を言っちゃいないようだぜ。それに、兄さんもだ。訊いてもいいかい、一体全体何だって、こんなろくでもない場所へ連れて来たんだ？」

「じつをいうと、彼はあまりにも本当のことを言いすぎた」バジルは木に寄りかかって言った。「あまりにも厳格に正直で、あまりにも厳密に正確すぎた。もう少し仄めかしを言うとか、適当な空想とかいったものを嗜《たしな》むべきだったんだ。だが、来たまえ。もう中に入った方がいい。晩飯に遅れてしまう」

ルーパートは真っ青な顔をして、私にささやいた。

「どう思う？　幻覚かな？　本当に家が見えると思ってるんだろうか？」

「そうじゃないかな」私はそう言うと、大きな声で言い足した。朗《ほが》らかでもっともらしい声を出したつもりだったが、私の耳にはほとんど風の音のように奇妙に響いたのである。

「おい、おい、バジル。僕らをどこへ連れて行こうっていうんだ？」

「なに、この上さ」バジルは叫んでひとっ跳びし、身体を揺らすと、もう私たちの頭上にいて、灰色の柱のような巨木の上へよじ登って行った。

「登って来いよ、みんな」彼は学校生徒のような声で、暗闇の中から呼びかけた。「登って来いよ。晩飯に遅れちまうぞ」

二本の楡の大木は接近して立っているので、一ヤードと間が空いているところはなく、場所によっては一フィート以上離れていなかった。だから、ところどころの枝や、突起や、木の幹さえも一連の足がかりとなり、粗末だが天然の梯子《はしご》を形成していた。この二本の木は生長の戯《たわむ》れ、植物のシャム双生児だったに違いないと思った。

私たちがなぜああしたのかは、考えもつかない。あるいは、前にも言った通り、荒地と暗闇の神秘が、バジルの支配力のうちにある何かまったく神秘的なものを引き出し、この上ないものにしたのかもしれない。しかし、私たちはただそこに、どこかへ——おそらく星空へ行く巨人の階段があるような気がしたのだった。そして上から聞こえて来る勝ち誇った声は、天から私たちに呼びかけていた。私たちは彼のあとを追って登って行った。

半分ほど登ると、私は夜気の冷たい舌に突然触れられて、正気に戻った。頭上にいる狂人の催眠術が私から離れ、自分たちの馬鹿げた行動の全体図が、まるで印刷したもののようにはっきりと見えた。そこには黒い上着を着た三人の現代人の姿があった。かれらは怪しげな冒険家に筋の通った疑いを抱くことから始まって、しまいには、どういうわけか、吹きっさらしの荒野で裸木を中途まで登っている。問題の冒険家とその所行からは遠く離れ、冒険家は今この時、大方《おおかた》ソーホーの汚いレストランで私たちのことを嘲笑《あざわら》っているだろう。私たちを笑うべき理由はたくさんあり、さだめし大声で笑っているだろうが、しかし、もし今の今私たちがどこにいるかを知ったら、どんな笑い方をするだろうと考えた時、私はあやうく木から手を放して、落ちそうになった。

「スウィンバーン」ルーパートが突然、上から声をかけた。「僕らは何をやってるんだ?もう下りよう」その声の響きを聞いただけで、彼もハッと現実に目醒めたことがわかった。

「バジルを置いて行けないよ」と私は言った。「呼びかけるか、脚をつかめないか?」

「ずっと上にいるから、駄目だ」とルーパートは答えた。「この忌々《いまいま》しい木の天辺近くにいるんだ。烏の巣の中にキース中尉を探してるんだろうよ」

この頃には、私たち自身も、狂った垂直の旅を大分先の方まで進んでいた。大きな幹が風に少し揺れて、震えはじめた。それから、ふと下を見ると、あることに気づいた。それは容易に説明できないが、私たちがある意味で、そしてある程度まで、世間から遠ざかってしまったことを感じさせた。私は高い楡の木々のほとんどまっすぐな線が、遠近の加減で、下へ行くほど少し細くなっているのを見たのだ。平行する直線が空に向かって細りゆくのを見ることには慣れていた。しかし、それが地面に向かって細りゆくのを見ると、流れ星のように、虚空で迷子になった気がしたのである。

「何とかしてバジルを止められないのか？」私は大声で言った。

「駄目だ」一緒に登っている友は答えた。「ずっと上にいるからね。梢まで登らなきゃ気が済まないんだ。それで、風と葉っぱ以外に何もないことがわかれば、正気に戻るかもしれない。ほら、聞きたまえ、上で何か言ってるぜ。独り言を言ってるのがかすかに聞こえる」

「きっと、僕らに話しかけてるんだろう」と私は言った。

「いや」とルーパートは言った。「それなら、大声で叫ぶだろうさ。兄が独り言を言うのは今まで聞いたことがない。今夜は本当に具合が悪いんじゃないかな。誰でも知ってるが、あれは脳がイカレる兆候だよ」

「そうだな」私は悲しくそう言って、耳を澄ました。たしかにバジルの声が上から聞こえて来たが、前に私たちに呼びかけた時の、豊かで騒がしい調子とは全然違った。頭上の葉と星々の間で静かに話し、時々笑っていた。

静けさのうちに、このつぶやき声だけが聞こえていたが、やがてルーパート・グラントがいきなり、「何てことだ！」と激しい声で言った。

「どうした――怪我でもしたのか?」私は心配して叫んだ。

「そうじゃない。バジルの声をよく聴いてみろ」相手は何とも奇妙な声で言った。「独り言を言ってるんじゃないぞ」

「それなら、僕らに向かって話してるんだろう」

「いや」ルーパートはきっぱり言った。「誰かほかの人間に向かってしゃべってる」

風が急に吹きつけて、葉の茂った楡の木の大枝が私たちのまわりで揺れたが、風が静まると、また頭上の話し声が聞こえて来た。二つの声が聞こえた。

突然、バジルが上から、前のように陽気な声で呼びかけた。「登って来いよ、君たち。キース中尉がいるぜ」

そのすぐあとに、一度ならず私たちの部屋で聞いた半分アメリカ訛りの声が聞こえて来た。

「ようこそ、諸君。どうぞお入りください」

巨きな黒い卵形の物が、雀蜂の巣のように枝の間にぶら下がっていた。そこに空いた穴から、中尉の青白い顔と猛々《たけだけ》しい口髭が突き出していて、その歯は彼特有の、少し南国人めいた様子で輝いていた。

私たちは愕然として口も利けなかったが、それでも何とかモタモタと登って行き、穴の中に入った。内部《なか》はランプの光にあかあかと照らされた、小蒲団を敷いた小部屋で、円形の壁には本が並び、丸テーブルが置かれ、そのまわりに円形の椅子があった。このテーブルに三人の人間が向かっていた。一人はバジルで、彼はその席に着いたとたん、まるで子供の時からそこにいたような、大理石の如きくつろいだ姿勢になって、葉巻をゆっくり楽しんでいた。二人目はキース中尉で、こちらも楽しそうだったが、花崗岩《みかげいし》のような客人と較べると落ち着きがなく、怪しげだった。三人目はモンモレンシーと名乗る、小柄で禿頭の、頬髭《ほおひげ》をぼうぼうに生やした家宅周旋人だった。槍と緑の蝙蝠傘と騎兵の剣が並べて壁に掛けてあった。封をした珍《めず》らかな葡萄酒の壺が暖炉の棚の上に、巨大なライフル銃が部屋の隈にあった。テーブルの真ん中には、シャンペンの大壜があった。杯がもう私たちのために用意されていた。

夜風がはるか足下で、灯台の下に波を寄せる大洋《おおうみ》のように吠えていた。部屋は、穏やかな海で船室が揺れるように、少しばかり動いていた。

杯が満たされたが、私たちはなおも茫然と黙りこくっていた。やがて、バジルが口を開いた。

「君はまだ少し疑っているようだな、ルーパート。この家の主人はとんだ不当な扱いを受けたが、彼があけすけな事実を言ったことに、もう疑問の余地はないだろう」

「まだすっかり呑み込めないんだ」ルーパートは急に明るい部屋へ入ったので、目をしばたたきながら言った。「キース中尉が言ったのは、自分の住所は――」

「その通りです」キースは満面の笑みを浮かべて言った。「警官がどこに住んでいるかと尋ねたので、パーリー近郊のバクストン・コモンの楡の木《ヱルムズ》に住んでいると、ありのままに言いました。その通り、ここに住んでいるんです。こちらの紳士モンモレンシー氏は——あなた方は前に会ったことがおありかと思いますが——この種の家を扱う家宅周旋人なのです。樹上住宅を専門にしているんですよ。このことはまだあまり世間に知れ渡っていませんが、それはなぜかというと、こういう家を欲しがる人は、それがあまり普及するのを好まないからですよ。しかし、私のように、ロンドン中の変わった場所を遊びまわっている人間は、自然こういうところにもぶつかるわけです」

「あなたは本当に樹上住宅の周旋人なんですか？」ルーパートは現実の奇事に安心を取り戻して、熱心にたずねた。

モンモレンシー氏はもじもじしてポケットを指でまさぐり、神経質な様子で一匹の蛇を取り出した。蛇はテーブルを這いまわった。「は、はい、さようで」と彼は言った。「じつを申しますと——その——私の家族は私が不動産業に進むことをたいそう望んでおったのです。けれども、私は博物学とか植物学とか、そういう物しか好きじゃありませんでした。両親はもう数年前に亡くなりましたが——私としてはやはり両親の願いを尊重したいのです。それで、樹上住宅の周旋をすれば、一種の——植物学者と家宅周旋人の間を行く折衷案だと思いついたんですよ」

ルーパートは思わず笑った。「お客は多いですか?」とたずねた。

「お、多くはありません」モンモレンシー氏はそう答えてキースをチラと見たが、彼が唯一の顧客だったのだ（と私は確信している）。「ですが、そのお客様はみんな――選《よ》りすぐりの方々でして」

「いいかい、君たち」バジルが葉巻を吹かしながら言った。「つねに二つのことを憶えていたまえ。一つはこうだ――正気の人間について憶測をめぐらす時は、もっとも正常なことがもっとも可能性の高いことだ。しかし、この家の主人のように、正気でない人間について憶測をめぐらす時は、一番途方もないことが一番可能性の高いことなんだ。それからもう一つ、忘れちゃいけないのは、非常に率直なありのままの事実は、つねに荒唐無稽に思われることだよ。もしもキースがクラパム[*8]に小さい煉瓦の箱みたいな家を借りて、その前に『楡の木《エルムズ》』と書いた柵が立ててあるだけだったら、君たちはそれに何も荒唐無稽なものがあるとは考えないだろう。それが声高に叫ぶ臆面《おくめん》もない大嘘であるが故に信じただろう」

「葡萄酒をおあがりなさい、みなさん」キースは笑って言った。「このろくでもない風のために、そのうちこぼれてしまいますからな」

＊8　ロンドン南西部の郊外住宅地。

私たちは酒を飲んだ。飲んでいる間、ぶら下がった家は巧妙な仕掛のおかげで少ししか揺れなかったが、楡の木の大きな梢は、風に打たれた薊《あざみ》のように空に揺らいでいることを知っていた。

チャド教授の目を惹く行動

バジル・グラントには私のほかにあまり友達がいなかったが、社交的でないかというと、そんなことはなかった。どこでも誰にでも話しかけたし、話し上手なだけではなく、相手の事情に誠実な関心と熱意を持って話したのである。いわば、いつも乗り合い馬車の二階にいるか、汽車を待ってでもいるかのように、世の中を渡っていた。こうした行きずりの知り合いの大部分は、もちろん彼の人生から出て行き、暗闇の中に消えて行った。それでも、ここかしこで二、三人がいわば彼に引っかかり、生涯の親友となったのだが、かれらにはみな、どこか偶然の知り合いという様子があった——あたかも風の落とし物、でためめに取り出した標本、貨物列車から落ちた荷物か、福桶[*1]から取り出した景品であるかのように。たとえば、友人の一人は、見たところ競馬の騎手のような獣医だったりする。べつの一人は、白い顎鬚《あごひげ》を生やし、曖昧な意見を持った穏健な聖職者である。べつの一人は槍

＊1　ふすまを桶に盛って、その中に景品を隠しておき、子供につかみ取りをさせる。

騎兵隊の若い隊長で、見た目は槍騎兵隊の他の隊長にそっくりである。べつの一人はフラム出身の小柄な歯医者で、どこからどう見てもフラム出身の他のすべての歯医者にそっくりである。小柄で、愛想のない、小ざっぱりしたブラウン少佐もこうした人々の一人だった。バジルはあるホテルの携帯品預かり所で、どちらの帽子が自分のものであるかについて言い争ったことから、彼と知り合いになった。その議論の結果、小柄な少佐はほとんど男のヒステリーというべき状態になったのだが、それは老いた独身男のわがままと老嬢の小うるささを足し合わせたものだった。二人は一緒に辻馬車で帰宅し、それから死ぬまで週に二回、共に晩餐をしたためるようになった。私自身も、こういうお仲間の一人だった。私はグラントがまだ判事だった時に「ナショナル・リベラル・クラブ」のバルコニーで出会い、二言三言お天気の話をした。それから、三十分ばかり政治と神について話していた。人はつねに一番重要なことは見ず知らずの他人に語るものだからである。なぜかというと、我々は見ず知らずの他人のうちに、人間そのものを見る。叔父さんに似ているとか、口髭がさまになっていないとかいうことによって、神の似姿たる人間が隠されることがないからだ。

バジルの雑多な知り合いのうちでもっとも面白い人物の一人は、チャド教授だった。教授は民族学の世界（非常に面白い世界だが、この世界からは遠く離れている）では、野蛮人と言語の関係についての最大の権威とは言わないまでも、二番目に偉大な権威として知られていた。ブルームズベリーのハート街界隈では、禿頭で眼鏡を掛け、顎鬚を生やした忍耐強い顔の男として知られていた。その顔は、怒り方を忘れてしまった奇妙な非国教徒の顔のようだった。彼は大英博物館といくつかの非の打ちどころのない喫茶店との間を、両腕に本を抱え、おんぼろだが忠実な蝙蝠傘を持って行ったり来たりしていた。本と蝙蝠傘を持たない姿を見た者はかつてなく、（ペルシア写本室の頓智《とんち》のある連中によれば）シェパーズ・ブッシュの近郊にある小さな煉瓦造りの住宅で寝る時も、この二つを持って寝床に入るのだと思われていた。教授はそこで三人の妹と暮らしていた――妹たちは善良でしっかり者だが、態度振舞いの陰気な御婦人方だった。几帳面な学者の生活がほとんどみな幸福であるように、彼の生活も幸福だったが、陽気とは言えなかっただろう。彼が陽気になる唯一の時は、友達のバジル・グラントが夜遅く家に来て、大竜巻のようにおしゃべりをする時だけだった。

バジルはもう六十歳《ろくじゆう》に近かったが、時々、赤ん坊のように大はしゃぎすることがあり、どういうわけか、勤勉で辛気《しんき》くさいと言っても良いこの友人の家で、そんな気分になることが多かった。教授の身に奇妙な不幸がふりかかったあの晩、グラントがいかに陽気だったかを私はあざやかに思い出せる（私は双方と知り合いで、よく一緒に食事をしたのである）。チャド教授は彼の属する階級とタイプ（学者階級であると同時に中産階級でもある）のたいていの人間と同様、謹厳で古風な急進派だった。グラント自身も急進派だったが、閑さえあれば急進党を非難している、世の中に珍しくない、ものわかった急進派だった。その時、チャドはある雑誌に「ズールー族の利害とニュー・マカンゴの辺境」という記事を寄稿したばかりだった。筆者は、その記事の中でトチャカの人々の風俗習慣に関する研究を正確かつ科学的に報告し、それを補充するものとして、イギリス人とドイツ人によるこうした習慣への干渉に痛烈な抗義を加えていた。彼はその雑誌を持ってバジルの前に坐っていた。ランプの明かりが眼鏡に輝き、額には怒りではなく困惑の皺《しわ》が寄っていた。一方、バジル・グラントは部屋の中を大股に行ったり来たりしながら、その声と、元気と、重い足取りとで部屋を震わせていた。

「僕が反対するのは君の意見に対してではない、尊敬するチャド君」と彼は言った。「君に対してなんだ。君がズールー族を擁護するのは正しいが、それにもかかわらず、君はかれらに共感していない。たしかに、君はズールー族のトマトの料理法や、鼻をかむ前のズールー族の祈りを知っている。だが、それにもかかわらず、投槍《アセガイ》とアリゲーターの区別もつかない僕ほどにも、かれらをわかっていない。チャド、君の方が博学だが、僕の方がもっとズールー族だ。この地球上の愉快な野蛮人はつねにかれらと正反対の人間に擁護されるが、それはなぜなんだね？　君は賢い。情深い。物事を良く知っている。しかし、チャド、君は野蛮人ではない。そんな薔薇《ばら》色の錯覚を抱いて生きるのはやめたまえ。鏡を見てごらん。妹さんたちに訊いてごらん。大英博物館の司書に相談してごらん。この蝙蝠傘を見たまえ」と言って、あのオンボロな、しかし、今なお恥ずかしからぬ品物を取り上げた。「見たまえ。僕がたしかに知る限りでは、君はこの十年間、こいつを脇に抱えて歩いていたし、きっと生まれて八カ月の時から抱えていたにちがいない。それなのに、君は一度も思いつかなかった。荒々しい叫びを一声上げて、これを投槍みたいに放り投げることは――こんな風に――」

バジルはそう言って蝙蝠傘を投げた。傘は教授の禿頭をビュッとかすめ、積み重ねた本の山を大きな音を立てて崩し、花瓶を揺らした。

チャド教授は少しも動じる景色がなく、その顔は今もランプに向けたままで、額には皺が刻まれていた。

「君の思考過程は、いつも少々速すぎるな。それに表現に筋道が立っていない。齟齬矛盾《そごむじゅん》は何もないよ」――教授が齟齬矛盾という言葉の終わりに辿《たど》り着くまでにかかった時間は、いかなる言葉を以《もっ》てしても伝えがたい――「原住民が進化の過程に於《お》けるかれらの段階に固執する――そうすることが性《しょう》に合い、必要だと思う限り――その権利を重んずることは一つの譲歩だね。さりながら、問題の進化の段階は、多様な宇宙的諸過程の中で価値の評価ができるとすれば、その限りに於いて、いささか劣等な進化段階と規定できる。今言ったこの二つの事柄の間に、齟齬矛盾は何もないよ」

話している間、教授は唇以外何も動かさず、その眼鏡はなおも二つの青白い月のように輝いていた。

グラントは相手を見ながら、身体を震わせて笑っていた。

「たしかに」と彼は言った。「齟齬矛盾はないね、赤い槍の申し子よ。しかし、気質の点で相容《あいい》れないところが大いにある。ズールー族が劣等な進化段階――その言葉が一体何を意味するにしても――にあるということについて、僕には全然確信がない。月に向かって吠えたり、闇にいる悪魔を怖がったりすることに、愚かさや無知があるとは思わない。僕にはまったく哲学的な振舞いに思える。人が存在そのものの神秘と危険を感じるからといって、どうして一種の白痴と考えなきゃいけないんだ？　考えてみたまえ、チャド、暗闇にいる悪魔を怖れない我々こそ白痴なんだとしたら、どうだ？」

チャド教授は骨のペーパー・ナイフで、愛書家の深い敬意をもって雑誌のページを切り開いた。

「それが条理にかなった仮説だということに、まったく疑いの余地はない」と教授は言った。「僕が言うのは、君が抱いているらしい仮説のことだ。すなわち、我々の文明はズールー族の状態と同一、ないしそれに類似した状態の先を進んでいるかもしれないし、そうではないかもしれない――実際（もし僕が君の言葉を正しく理解しているなら）、そこからの退歩であるか、退歩かもしれないということだ。それに、こういうことは認めても良い――そのような命題は、少なくともある程度は第一命題の性質を持っているので、悲観主義の第一命題や物質が存在しないという説の第一命題が適切に論じられないのと同じ意味で、適切に論じられないということだ。しかし、君はこの命題に関して、それが条理にかなっているという以上のことを証明したという印象は持っていないと思う。そうなると、結局、それは言葉の矛盾でないという主張とさして変わらないことになる」

バジルは本を相手の頭に投げつけ、葉巻を取り出した。

「君は喫煙ということを理解していないが」と彼は言った。「その代償として、厭《いや》がりもしない。君がなぜこんな胸のむかつくほど野蛮な儀式に反対しないのか、わからんね。僕に言えるのはただ、僕が十歳くらいでズールー族になった時、煙草を吸い始めたということだけだ。僕が言おうとしたのはこういうことだ——君は科学者として、僕よりズールー族を良く知っているけれども、僕は野蛮人として、かれらを君よりも知っている。たとえば、言語の起源に関する君の説だがね。言語は、ある個人の秘密の言語が定式化されて、そこから発生したとかいう説だったね。君はそれを立証するために、さまざまな事実と学識で僕を茫然とさせたが、それでも納得はさせなかった。なぜかというと、物事はそんな風に起こりはしない、という気持ちが僕にあるからだ。なぜそう考えるのかと訊かれても、ズールー族だからとしか答えられないし、何を以てズールー族と定義するのかと訊かれても（君はきっと訊くだろうが）、僕には同じ答しかできない。ズールー族というのは七歳《ななっ》の時サセックスの林檎の木に登って、イングランドの小径で幽霊に怯えた男なんだ」

「君の思考過程は――」不動のチャドは口を開いたが、その言葉は遮《さえぎ》られた。彼の妹が、こういう家族ではつねに姉や妹が持っている男らしさで、腕をピンと張り、扉を大きく開けて言ったのである。

「ジェイムズ、大英博物館のビンガムさんがまた会いにいらしたわよ」

哲学者はぼうっとした顔つきで立ち上がった。その顔つきは、この種の人間の場合、つねに次の事実を示している――すなわち、かれらは哲学を日常茶飯のものと見なしているが、実際の生活は奇怪な、人を怖気《おじけ》づかせる幻想と見ていることだ。教授は訝《いぶか》しげに部屋から出て行った。

「チャドさん、僕がこんなことを知っているのを、お気になさらないでいただけるとよろしいのですが」とバジル・グラントは言った。「聞くところによりますと、大英博物館は、かれらの仲間に迎えるにふさわしい人間を一人見つけたという話ですが。チャド教授がアジア古文書の管理人になりそうだというのは本当ですか？」

独身婦人の険しい顔は多分の喜びと、また多分の悲哀を露《あら》わした。「本当だと思います。もしも本当なら、それは女のわたしどもも大いに感じる光栄ですし、大きな安心でもございまして、女はそちらの方をよけいに感じますわ。いろんな気苦労から解放されるからです。ジェイムズは前々から健康が優れなかったのですが、現在《いま》のように貧乏では、雑誌の仕事や勉強の指導をしなければなりませんでしたの。しかも、恐ろしい骨の折れる概念だとか発見だとか——あの人はそういうものが男よりも、女よりも、子供よりも好きなんです——に加えて、ほかの仕事をするんですから。何かこんなことでもありませんと、あの人の頭脳《あたま》がどうかしないいように気をつけなければいけない、と心配しておりました。でも、これでその点は事実上片づいたと思います」

「御同慶の至りです」バジルはそう言ったが、気遣わしげな顔をしていた。「しかし、こういうお役所仕事の交渉は水物《みずもの》ですから、あまり希望を持ちすぎますと、あとでがっかりなさるようなことになるといけません。僕はいろいろな人が、お兄さんのように立派な人が、もう少しのところまで行って失望させられた例をいくつも知っています。もちろん、本当だとしたら——」

「本当だとしたら」と婦人は荒々しく言った。「今までまともに生きたことのない者が、生きようとしても良い、ということになりますわ」

そう言っているうちに、教授が依然当惑したような目つきで部屋に入って来た。

「本当なのかい?」バジルは目を輝かせてたずねた。

「ちっとも本当であるものか」チャドは一瞬まごついたあとに答えた。「君の議論は三つの点で間違っていた」

「どういう意味だ?」とグラントはたずねた。

「うむ」教授はゆっくりと言った。「君にズールー族の生活の神髄がわかると言ったことだ。それは——」

「ああ！　ズールー族の生活なんか糞喰らえ！」グラントは思わず吹き出した。「僕が言ってるのは、役職を手に入れたのかってことだよ」

「アジア古文書の管理人の職かい」教授は子供のように驚いて眼を見開きながら、言った。

「ああ、それなら引き受けたよ。しかし、君の議論に対する本当の反対理由はね、じつはこの部屋を出てから思いついたんだが、ズールー族の真実というものが事実とは別個に存在することを前提としているのみならず、それを発見することが、事実によって完全に妨げられると推論していることなんだ」

「負けたよ」バジルはそう言って腰を下ろし、笑い出した。一方、教授の妹は自分の部屋に退《さが》った。笑うためだったのかもしれないし、そうではなかったかもしれない。

＊　＊　＊　＊

私たちがチャド家を辞したのはたいそう遅い時刻で、シェパーズ・ブッシュからランベスまではたいそう長く、疲れる道のりである。だから、それを言訳にしても良いと思うが、二人（その晩、私はグラントの家に泊まった）が翌日朝食に下りて行ったのは、筆舌に尽くしがたいほど犯罪的な時間、ありていにいえば、正午真近だった。そんな遅い食事ではあったが、まことにのんびりと悠長にはじめたのである。ことにグラントは食卓に着いても寝呆《ねぼ》け眼《まなこ》で、皿の傍らに置いてある手紙の山もろくろく見なかったし、手紙をどれか開封したかどうかも疑わしい——もしも、その上に、無頓着な現代生活に於いて、真に緊急かつ強制的であることに成功した唯一の物——電報がのっていなかったならば。彼は卵の殻を割ってお茶を飲むのと同じ、倦怠《けだる》い上《うわ》の空な様子でそれを開けた。読んでも髪の毛一筋動かさず、一言も口を利かなかったが、その不動の姿が突然引きしまったのを——あたかもギターの弛《ゆる》んだ弦が締められるように——何かが私に感じさせた。彼は何も言わず、身動きもしなかったが、一瞬、冷水を浴びたように冴え返って、鋭くなったのがわかった。だから、私はべつに驚かなかった——大の男がむっつりと席に着いて坐り込んだとたん、椅子を野良犬のように蹴とばし、大股に二歩歩いてこちらへまわって来ても。

「こいつをどう思う?」グラントはそう言って、私の前に電報をひろげた。

それにはこう書いてあった。「至急来られたし。ジェイムズの精神状態が危険。チャド」

「あの女は何を言いたいんだろう?」私はちょっと間を置いて、苛立たしげに言った。「あの女たちは、老教授《せんせい》が狂っているって、あいつが生まれてからずっと言ってるじゃないか」

「君は間違っている」グラントは落ち着き払って言った。「たしかに、分別のある女なら誰でも、勤勉な男は全員狂人だと考えるものだ。それを言うなら、たしかに、いかなる女も男は全員狂人だと考えている。だが、それを電報に書きはしない。草が青いとか、神様は慈悲深いとか電信で打たないのと同じだよ。そんなことはわかりきっているし、しばしば個人的な問題だ。もしもチャド嬢が、郵便局の知らない女が見ている前で、兄は気が変になったと書いたとしたら、生きるか死ぬかの問題だからだと思って間違いない。我々を呼び寄せるのに、ほかの方法を思いつかなかったんだ」

「もちろん、行かざるを得ないな」私は微笑んで言った。

「そうとも」と彼はこたえた。「そばに辻馬車の客待ち所がある」

私たちは馬車でウェストミンスター橋を渡り、トラファルガー広場を抜け、ピカデリーを通って、アックスブリッジ通りを行ったが、バジルはその間ほとんどしゃべらなかった。ようやく家の門を開ける時にしゃべり出した。

「僕の言葉を信じてもらって良いと思うが、こいつはロンドンで起こったもっとも複雑奇妙な珍事件だぜ。いや、それを言うなら、高度な文明社会で起こった、と言うべきだろう」

「僕は満腔《まんこう》の同情と敬意を払って告白するが、どうもよくわからんね」と私は言った。

「今までずっと想像もできない世界の境界線を歩いて来た、夢想家で夢遊病者の年老《と》った病人が、大きな喜びのショックで気が狂うのはそんなに異常で複雑なことかい？　蕪《かぶ》みたいな頭と蜘蛛《くも》の巣みたいな魂を持った男が、とんでもない運勢の変化について行けないというのは、そんなに異常なことかい？　手短にいうと、ジェイムズ・チャドが興奮して正気を失《な》くすのはそんなに異常なことかい？」

「ちっとも異常ではないだろうよ」バジルは穏やかに答えた。「ちっとも異常ではないだろうよ。教授の気が狂ったとしてもね。僕が異常な状況だと言ったのは、そのことじゃない」

「なら、何が異常なんだ？」私は足を踏み鳴らした。

「異常なのは」バジルは呼鈴を鳴らしながら言った。「彼が興奮のために狂ってはいないことさ」

扉が開いたが、一番年上のチャド嬢の背の高い四角張った姿が戸口をふさいでいた。ほかの二人のチャド嬢も、同じように狭い廊下と小さな居間をふさいでいるように見えた。全体に、何かをこちらの目から隠そうとしている感じだった。マーテルリンクの不思議な劇に出て来る三人の黒衣をまとった婦人、ギリシア劇の合唱隊《コロス》の流儀で観客から惨事を隠そうとしている婦人たちのようだった。

「お坐りくださいません？」一人が苦しそうな、いささか硬い声で言った。「最初に、何が起こったかを申し上げた方が良いと思いますの」

そうして、寒々しい顔で意味もなく窓の外を見ながら、平板な、機械的な声でしゃべりつづけた。

「起こったことを何もかも、ありのままに申し上げた方が良いでしょう。今朝私は朝御飯の後片づけをしておりました。妹たちは二人共少し加減が悪く、下りて来ませんでした。兄はたしか本を取りに部屋から出て行ったところだと思います。けれども、本を持たずに戻って来て、空っぽの暖炉の火床をしばらくじっと見ておりました。私は言いました。『探していた物、持って来てあげましょうか？』兄は答えませんでしたが、始終心がお留守になっていますから、それはよくあることでした。私はまた同じことを訊きましたが、兄はやはり答えませんでした。あの人は時々研究に夢中になると、肩に触りでもしなければ、わたしがそこにいるのにも気づかないことがあるんです。それで、私はテーブルのまわりをまわって、兄の方へ行きました。その時の感覚をどうやって表現したら良いか、わかりません。今思えば、まったく馬鹿みたいなことですけれども、その時は何か人の頭を動転させる途徹もないことのように思われたんです。じつは、ジェイムズは片脚で立っていたんです」

グラントは静かに微笑んで、注意深く両手を擦《す》り合わせた。

「片脚で立っていた？」と私は鸚鵡《おうむ》返しに言った。

「はい」と女はうつろな声でこたえたが、その抑揚には、自分が述べていることの突飛さを感じているらしいところはなかった。「左脚で立って、右脚を鋭角に曲げて、爪先が下を向いていました。私は脚が痛いのか、と訊いてみました。兄は返事をする代わりに、持ち上げた脚をもう一方の脚と直角に突き出しただけでした――まるで、爪先でもう一方の脚に向かって、壁を指し示すようでした。そして、やはり真面目な顔で暖炉を見ておりました。

『ジェイムズ、一体どうしたの？』と私は叫びました。すっかり怖くなったからです。ジェイムズは右脚で宙を三回蹴ると、今度は左脚を上げて、やはり宙を三回蹴って、それから、小独楽《こごま》のようにクルリと向こうへまわりました。『あなた、気でも狂ったの？』と私は叫びました。『どうして返事をしてくれないの？』兄はピタリと立ちどまると、こちらに面と向かって、いつものように眉毛を吊り上げ、眼鏡をかけた眼を大きく開いて、私を見ていました。私が声をかけると、ほんの少しの間じっとしていましたが、それからした唯一の返事は、左足を床からゆっくり上げて、その足で宙に何回か円を描くことでした。私は戸口に飛んで行って、クリスティナを大声で呼びました。そのあとの恐ろしい何時間かのことを詳しく申し上げるのはよしましょう。私たちは三人共兄に話しかけました。死んだ人も生き返るくらい切々と訴えて、口を利いてくれと頼んだのですが、兄はただ真面目腐った顔をして、何も言わずに跳んだり、踊ったり、蹴ったりするだけでした。まるで脚だけが誰かべつの人間のものになってしまったか、悪魔にでも取り憑かれているようでした。その時以来、私たちに一言も話しかけないんです」

「今どこにいます？」私は少し興奮して席を立ちながら、言った。「一人にしておいちゃいけませんよ」

「コルマン医師《せんせい》が一緒です」チャド嬢は冷静に言った。「庭にいます。外の空気を吸った方が良いだろうとコルマン先生はお考えになったんです。でも、街路《とおり》にはとても出られませんから」

バジルと私は庭に面した窓に素早く歩み寄った。そこは小さくて小綺麗な郊外の庭だった。花壇はいささかきちんと整いすぎていて、彩色した絨毯の模様めいていたが、陽射しの輝く豊かなこの夏の日は、それすらも何か自然な——南国的と言いたいほどの——物活力にあふれていた。輝く緑の、しかし痛々しいほど真ん円な芝生のさなかに、二人の人物が立っていた。一人は小柄な、鋭い顔つきの男で、黒々とした頰髯《ほおひげ》を生やし、テカテカ光る帽子を被っていた(おそらく、これがコルマン医師だろう)。彼は非常に物静かに、はっきりした言葉でしゃべっていたが、その顔は時々神経質にピクピクとひきつった。もう一人は私たちの友達で、いつもの辛抱強い表情と梟《ふくろう》のような眼をして、相手の言葉に耳傾けていた。強い日射しがその眼鏡に輝いていたが、昨夜、騒々しいバジルが彼の念入りな礼儀正しさをからかっていた時は、そこにランプの明かりが輝いていたのである。ただ一つのことを除けば、この人物の姿は今朝も、昨夜の姿とそっくりだった。その一つのことというのは、顔が落ち着いて話を聴いているのに、両脚は操り人形の脚よろしく、せっせと踊りをおどっていたことである。庭の小綺麗な花々と陽光のきらめきは、この奇観——頭は隠者で、脚はハーレクインというこの奇観に、言うに言われぬ鋭さと信じがたさを与えていた。奇蹟はいつも白昼起こるべきなのである。夜は奇蹟を信じやすくして、それ故《ゆえ》平凡なものにしてしまうからだ。

この頃には中の妹が部屋に入って来て、わびしげに窓辺へ寄った。

「知ってるでしょ、アデレード」と彼女は言った。「博物館のビンガムさんが三時にまたお見えになるのを」

「知ってるわ」アデレード・チャドは苦々しげに言った。「このことをお話ししなくてはならないわね。幸運はそう簡単に私たちのところへやって来ないと思っていたわ」

グラントは急にふり返った。「どういう意味です？　ビンガム氏に何を言わなきゃならないんです？」

「何を言うかはおわかりでしょう」教授の妹は嚙みつくように言った。「わざわざ、あの厭な名前で呼ぶ必要があるでしょうか？　アジア古文書の管理人があんな風でも良いとお思いになりまして？」そう言って、一瞬、庭にいる人物を——話を聴いている輝く顔とせわしなく動いている足を指さした。

バジル・グラントは唐突な仕草で懐中時計を取り出した。「大英博物館の人間はいつ来るとおっしゃいましたか？」

「三時です」チャド嬢は素っ気なくこたえた。

「それなら、まだ一時間ある」グラントはもう何も言わずに窓を大きく開けて、庭へとび出した。医者と狂人のところへはまっすぐ歩いて行かず、庭の小径をぶらぶらしながら用心深く、しかし、一見無頓着に近づいて行った。二人から数フィート離れた場所に立って、ズボンから取り出した小銭を数えているように見えたが、帽子の広い縁《へり》の下からじっと様子をうかがっているのがわかった。

彼は突然チャド教授の肘先まで歩み寄り、馴々《なれなれ》しい大きな声で言った。「やあ君、今でもズールー族は我々に劣ると考えているのかい？」

医者は眉を顰《ひそ》めて心配そうな顔をし、今にも何か言いたそうだった。教授は禿げ上がった落ち着いた頭を親しげにグラントの方へ向けたが、返事はせず、左脚をむやみにブラブラ振るだけだった。

「コルマン先生は君の意見に宗旨替えしたかい？」バジルはそれでも、大きなはっきりした声で話しつづけた。

チャドは地面に足を引き摺り、もう片方の脚を少し蹴っただけだったが、その顔はやはり優しい物問いたげな表情をしていた。医者が少しぞんざいに割り込んだ。「もう中に入りましょうか、教授？　庭は見せていただきましたから。美しいお庭ですな。じつに美しいお庭です。中に入りましょう」そう言って、足を蹴っている民族学者の肘をつかんで引っ張りながら、グラントにささやいた。「すみませんが、質問をして、この人を悩まさないでください。非常に危険です。この人は落ち着かせなければいけません」

バジルはやはりひそひそ声で、ごく冷静に答えた。

「もちろん、先生の御指示に従わなければなりません。そのように努力いたしますが、一時間だけ、私と気の毒な友達をこの庭で二人きりにさせてくださっても、問題はあるまいと思います。彼の様子を見たいんです。コルマン先生、ほんの少ししか話しかけないことをお約束します。そして、そのほんの少しは――シロップのように――彼をなだめるでしょう」

医者は考え深げに眼鏡を拭《ふ》いた。

「帽子を被らないで、この強い日射しの中に長時間いるのは、この人にとって少し危険です。ああいう禿頭ですしね」

「その問題はすぐに解決します」バジルは落ち着き払ってそう言うと、自分の大きな帽子を脱ぎ、教授の卵のような頭にかぶせた。教授はふり向かず、地平線を見やったまま踊りをおどって、少し遠ざかった。

医者は眼鏡を掛け直して小鳥のように小首を傾け、二人をしばらく厳しい目で見ていたが、やがて「いいでしょう」とぶっきら棒に言うと、勿体《もったい》ぶって家の中へ入って行った。家では三人のチャド姉妹が全員、居間の窓から庭を覗いていた。かれらはたっぷり一時間も、身動きもせずに食い入るような眼で外の庭を見ていたのだが、やがて狂気そのものよりも突っ拍子もない光景を目にしたのである。

バジル・グラントは狂人に二、三質問をしたが、相手は依然跳ねまわるだけだった。すると、バジルはおもむろにポケットから赤い手帳を取り出し、もう一つのポケットから大きな鉛筆を取り出した。

彼は走り書きでメモを取りはじめた。狂人がヒョイヒョイと跳んで遠ざかると、二、三ヤード歩いて追いかけ、立ち止まって、またメモを取った。こうして二人は追いつ追われつしながら、円い芝生の中を馬鹿のようにグルグルまわった。一人は問題を解こうとする人間のような顔つきをして、鉛筆で何やら書き、もう一人は子供のように跳びはねて遊んでいた。

このたわけた場面がおよそ四十五分も続いたあと、グラントは鉛筆をポケットに戻したが、手帳は開いたまま手に持って、狂った教授のまわりを歩くと、真正面で立ちどまった。

それから、この途方もない朝の出来事にもう慣れた人たちでさえ、夢にも思わなかったようなことが起こったのである。教授はバジルが目の前に立つと、数秒間、ポカンとした人の好い顔で見つめていたが、やがて左脚を上げて、宙に折り曲げた。彼が最初にやった滑稽な仕草だと妹が説明した、あの格好だった。そのとたん、バジル・グラントも自分の左脚を上げて身体の前方にピンと伸ばし、平《たいら》な靴底をチャドに向けた。教授は曲げた脚を下ろして、その足に体重をあずけると、水泳をする人間のように、もう片方の脚でうしろを蹴った。バジルはX形十字のように両足を交差し、それからまたパッと開いて、宙に飛び上がった。それから、観ている者がこのことについて何か言ったり考えたりする閑もないうちに、二人共向かい合って、ジーグかホーンパイプ＊2のような踊りを踊っていた。そして太陽は一人ではなく二人の狂人を照らしていた。

二人は偏執狂のように夢中になって、耳も聞こえず目も見えなかったから気づかなかったが、一番年上のチャド嬢が興奮し、哀願するような仕草をして庭へ出て来た。そのうしろに一人の紳士がついて来た。チャド教授はいとも凄まじい四人舞踏《パ・ド・キャトル》の姿勢《かっこう》をしていた。バジル・グラントは今にも横とんぼ返りを打ちそうだったが、アデレード・チャドが鋼鉄のような声でこう言ったので、愚行の最中に凍りついたのだった。「大英博物館のビンガムさんよ」

ビンガム氏は痩せた身形《みなり》の良い紳士で、先の尖った少し女性的な白鬚を生やし、非の打ちどころのない手袋をはめて、物腰は四角張っているが感じが良かった。チャド教授が文明化されぬ野暮天《やぼてん》学者だったのに対し、こちらは文明化されすぎた人間の典型だった。彼の四角張ったところと感じの良さは、この状況では好ましく思われた。彼には書物の経験が膨大にあったし、ディレッタント的な、流行の先端をゆくサロンでの経験も相当あった。しかし、白髪頭の中流階級の紳士が二人、現代の衣装を着て、食後の午睡《ひるね》をする代わりに

＊2　水夫の間に流行した舞曲。

曲芸師よろしく飛びまわっているのは、どちらの方面の知識を有する者にも見慣れない光景だったのである。

教授はまったく平然としておどけた仕草を続けたが、グラントは急にやめた。医師がふたたび姿を現わしており、その輝く黒い眼は、輝く黒い帽子の下で、二人のうちの一方から他方へ落ち着きなく視線をさまよわせた。

「コルマン先生」バジルは医者の方を向いた。「またしばらくチャド教授の相手をしてもらえませんか？　彼にはあなたが必要だと思います。ビンガムさん、ちょっと二人きりでお話できませんか？　私はグラントと申します」

大英博物館のビンガム氏は、丁重だが、少しまごついたような態度でうなずいた。

「チャド嬢はお恕《ゆる》しくださるでしょう」とバジルは気やすく言った。「お宅で勝手知ったる振舞いをしても」そう言うと、茫然としている司書を素早く案内し、裏口から居間へ連れて行った。

「ビンガムさん」バジルは相手に椅子を勧めて、言った。「この嘆かわしい出来事について、チャド嬢からお聞きになったと思いますが」

「はい、グラントさん」ビンガムは一種同情をこめた神経質さでテーブルを見ながら、言った。「この恐ろしい御不幸には、言葉にあらわせないほど心を傷《いた》めております。私どもはあなたの御立派なお友達に、彼の業績からすれば甚《はなは》だ不十分ではありますが、役職を提供しようと決めたところでして、そんな時にこの出来事が起こったのは、まったく胸の張り裂ける思いです。もちろん、本当のところ――私には何と申し上げたら良いかわかりません。チャド教授はもちろん――私は心から信じておりますが――並々ならぬ貴重な知性を今も持っておられるでしょう。しかし、案じられますのは――本当に案じられますのは――アジア古文書の学芸員が――その――踊りをおどっているというのは不都合でしょう」

「ひとつ提案したいのですが」バジルはそう言って、椅子をテーブルに寄せると、いきなり坐り込んだ。

「もちろん、喜んでうかがいます」大英博物館から来た紳士は咳払いをして、やはり椅子を寄せた。

炉棚の置時計が時を刻む間に、バジルは咳払いをして、言いたいことを頭の中で整理し、それから言った。

「提案とはこういうことです。厳密な意味で妥協と言えるかどうか知りませんが、ともかく、そういう性格を持つ事柄です。私の提案は、政府が（思うに、あなたの博物館を通じて）チャド教授に年間八百ポンドを支払うということです――彼が踊るのをやめるまで」

「年に八百ポンドですと！」ビンガム氏はそう言うと、穏やかな青い眼を初めて相手の眼に向け――穏やかな青い眼差しで見つめた。「おっしゃることをよく呑み込めなかったのですが。チャド教授を、現在の状態でアジア古文書部に年俸八百ポンドで雇うべきだ、とそうおっしゃったのでしょうか？」

グラントはきっぱりと首を振り、力強く言った。

「いや、違います。チャドは私の友人ですから、彼のために言えることは何でも言います。しかし、彼がアジア古文書部の責任者になるべきだとは申しませんし、申すことはできません。そこまでお願いするつもりはないんです。ただ、彼が踊るのをやめるまで、八百ポンド払い続けるべきだと言っているだけです。きっと、あなた方は研究の寄付金のために、何か汎用基金をお持ちでしょう」

ビンガム氏は困った顔をした。

「どうもわかりませんな」と目をパチクリさせて言った。「何のお話をなさっているんです。狂人であることが一目瞭然のあの男に、千ポンド近くの年俸を死ぬまで払えというのですか？」

「とんでもない」バジルは鋭く勝ち誇るように言った。「死ぬまでとは言っていません。けして、そんなことは」

「それなら、いつまでなんです？」おとなしいビンガムは、おとなしく髪の毛を搔き毟《むし》りたい衝動を抑えて、言った。「いつまで寄付を続けろというんです？　彼が死ぬまででないとすると？　審判《さばき》の日までですか？」

「いいえ」バジルはニコニコして言った。「ただ私が言った時までです。彼が踊るのをやめた時までですよ」彼は満足げに両手をポケットに入れて、うしろに背を凭《もた》せた。

ビンガムは、この頃には目をバジル・グラントに釘づけにして、じっと見据えていた。

「グラントさん。真面目な話、こういうことなのですか――政府はチャド教授に、彼の（こんな言い方をお赦しください）気が狂ったというそれだけの理由で、桁外《けたはず》れな高額の給料を支払うことを御提案なさっている、と？　裏庭であっちこっちを蹴りつけているというだけの理由で、優秀な事務員四人分以上の給料を払うべきだと？」

「その通りです」グラントは泰然として言った。

「この馬鹿げた支払いは、馬鹿げた踊りと共に続くだけでなく、馬鹿げた踊りと共に終わるのだと？」

「いずれ、どこかで終わらせなければなりませんからね」とグラントは言った。「あたりまえのことですが」

ビンガムは立ち上がり、非の打ちどころのないステッキと手袋を取った。

「これ以上何も申し上げることはありません、グラントさん」と彼は冷やかに言った。「あなたが説明しようとしておられることは冗談かもしれないし――少し心ない冗談といえましょうが――本気でお考えになっていることかもしれません。そうだとしたら、ただ今の失言は御容赦願います。ですが、いずれにいたしましても、私の職務《つとめ》とはまったく無関係なことに思われます。チャド教授の精神の病、精神の壊滅は何とも傷ましいことなので、口にするのも辛いのです。しかし、何事にも明らかに限度があります。ですから、たとえチャド教授でなく大天使ガブリエルであろうと、気が狂ってしまったからには、遺憾ながら、大英図書館との関係は切れるでしょう」

ビンガムは戸口に向かって歩き出したが、グラントの手が劇的な警告を発するようにサッと伸びて、彼をつかまえた。

「お待ちなさい」バジルは厳しく言った。「まだ時間はありますから、待って下さい。ビンガムさん、あなたは偉大な仕事に参加したくありませんか？　ヨーロッパの栄光――科学の栄光に力を貸したくありませんか？　あなたの頭が禿げるか白髪になるかした時、自分は偉大な発見に一役買ったのだといって、その頭を昂然と上げ、胸を張って歩きたくありませんか？　あなたは――」

ビンガムが鋭く口を挟んだ。

「もしそうしたいと言ったら、どうなんです、グラントさん――」

「それなら」バジルは快活に言った。「あなたのなすべきことは簡単です。チャドが踊りをやめるまで、あの男に年八百ポンドおやりなさい」

ぶら下げていた手袋を荒々しくはためかせて、ビンガムはもどかしげに扉の方を向いた。しかし、そこから出て行こうとすると、通せんぼをされた。コルマン医師が入って来たのだ。

「すみませんが、お二方」医師は神経質な、内緒話をするような声で言った。「じつはグラントさん、私は——その——チャド氏について、由々《ゆゆ》しき発見をしたのです」

ビンガムは険しい眼で医師を見た。

「そうではないかと思いました。酒でしょう」

「酒ですと!」コルマンは、そんな生易しいことではないとでも言いたげに、相手の言葉を繰り返した。「いいえ、酒なんかじゃありません」

ビンガム氏は少し興奮し、早口で曖昧な声になった。「殺人狂ですか——」

「いいえ、いいえ」医師はもどかしげに言った。

「自分の身体がガラスでできていると思ってるんでしょう」ビンガムは夢中になって言った。「それとも、自分は神様だと言うんですか——それとも——」

「違います」コルマン医師はきっぱりと言った。「じつはグラントさん、私の発見は性格の異なるものなのです。彼に関する恐ろしいことは——」

「ああ、先を聞かせてください」ビンガムは苦しそうに叫んだ。

「彼に関する恐ろしいことというのは」コルマンは慎重に繰り返した。「狂っていないということです」

「狂っていない!」

「狂気かどうかを調べるのに、良く知られた身体的な判定法がいくつかあります」医師は素っ気なく言った。「あの方はそのどれにも当てはまりません」

「それなら、なぜ踊るんです？」ビンガムは絶望して叫んだ。「なぜ私たちに返事をしないんです？　なぜ家族と口を利かないんです？」

「悪魔だけが知っています」コルマン医師は冷やかに言った。「私がお金をいただいているのは狂人について判断するためであって、馬鹿者についてではありません。あの人は狂っていません」

「一体どういうことなんです？　あの男に話を聴かせることはできないのですか？」とビンガム氏は言った。「誰も彼と意思疎通ができないのですか？」

グラントの声が突然、鋼鉄の鈴のように澄んだ響きで割り込んだ。

「私は喜んで、いかような言伝《ことづて》でもいたしますよ」

あとの二人は彼をまじまじと見た。

「言伝をする？」と口をそろえて言った。「どうやって言伝をするんです？」

バジルは持ち前のゆっくりした微笑みを浮かべた。

「どうやって言伝をするか、本当にお知りになりたいのでしたら」と言いかけたが、ビンガムが叫んだ。

「もちろんだ、もちろんだ」その声は一種の狂乱を帯びていた。

「よろしい。こんな風にするんです」バジルはそう言うと、突然一フィートも宙に飛び上がり、靴をどしんといわせて床に下りると、今度は片脚で立った。

その顔は大真面目だったが、片足が宙にめちゃくちゃな円を描いている事実によって、威厳は少し損われていた。

「あなた方に強《し》いられて、こうするのです」とバジルは言った。「あなた方に強いられて友人を裏切るのです。私は彼自身のために裏切ります」

ビンガムの敏感な顔は、さらなる憂いの表情を浮かべた——まるで何か破廉恥《はれんち》な打明け話を期待しているようだった。「辛いことは、もちろん——」と言いかけた。

バジルは宙ぶらりんになっていた足を、どしんと音を立てて絨毯の上に踏み下ろしたので、あとの二人は弱々しい姿勢で身体を硬直させた。

「馬鹿だな！」とバジルは言った。「あなたはあの男を見たことがあるんですか？ ジェイムズ・チャドが役立たずな本とろくでもない蝙蝠傘を抱えて、みすぼらしい家からお宅の惨めな図書館へ行ったり来たりする——その陰気な姿を見ていながら、彼が狂信家の眼をしていることに全然気づかなかったのですか？ あの眼鏡のうしろ、あのヨレヨレになった古い付襟の上には、異端者を火あぶりにすることも、賢者の石のために死ぬことも辞さない男の顔があることに、一度も気づかなかったのですか？ これはある意味で、みんな私のせいなんです。私が彼の致命的な信念のダイナマイトに火を点けたんです。私は言語に関する彼の有名な理論に異を唱えました――言語はある種の個人が完成して、それを他人が、ただ見ていることによって獲得するという説にです。私はまた、彼が物事を手っ取り早く実践して理解しないからといって、からかいました。すると、この素晴らしい狂信家は何をしたでしょう？　彼は私に答えたんです。独自の言語体系をつくり上げたんです（それを御説明するには、あまりにも時間がかかりすぎるでしょうが）。つまり、彼自身の言語をつくりだしたんです。そして人々がそれを解するまで、この言語で私たちと話ができるようになるまで、けして他の言語ではしゃべらないと誓いました。その誓いを守らせてやりましょう。私は注意深く観察して理解しましたが、ほかの人間にもきっとそうさせますよ。これは邪魔してはなりません。実験を最後までやらせるべきです。彼が踊るのをやめるまで、どこかから八百ポンドの年俸を与えるべきです。今彼を止めることは、偉大な思想に対する恥ずべき戦いです。宗教的迫害ですよ」

ビンガム氏は誠意をこめて手を伸ばした。

「ありがとう、グラントさん」と彼は言った。「八百ポンドの財源については、私が保証できると思いますし、そうするつもりですよ。私の辻馬車にお乗りになりますか？」

「いいえ、まことにありがとうございますが、ビンガムさん」グラントは心から言った。「私は庭へ行って、教授とおしゃべりしようと思います」

チャドとグラントの会話は個人的で和《なご》やかなもののようだった。二人は私がそこを辞する時も、まだ踊っていた。

老婦人の風変わりな幽棲

ルーパート・グラントの会話には興味深い二つの大きな要素があった――一つは、彼が凝っている探偵的推論の長い幻想曲《ファンタジア》であり、もう一つは、ロンドン生活への真にロマンティックな関心だった。兄バジルは彼についてこう言った。「あいつの推論はじつに冷徹で明晰で、あいつを必ず間違った方へ導く。けれども、あいつの詩は唐突にやって来て、正しい方へ導くんだ」このことがルーパートについて全体にあたっているにしろ、いないにしろ、それを奇妙に裏づける一つの話をお聞かせする値うちはあると思う。

私たちは一緒にブロンプトンの寂しい住宅街を歩いていた。街路は夏の八時半頃に訪れる明るく青い光に満たされていた。闇が下りたというよりも、新しい空色の照明器具を灯《とも》したよう――地上が突然サファイア色の太陽に照らされたような気がする、そんな夕光である。涼しい青色の中で、街灯のレモン色がすでに燃えはじめており、ルーパートと私がそこを通る間に――ルーパートは興奮してしゃべっていた――夕闇の中から弱い火花が一つまた一つと現われた。ルーパートが興奮してしゃべっていたのは、素人探偵理論の九百九十九番目を私に証明しようとしていたからだ。彼はこういう狂った論理を脳裡に抱いてロンドンを歩きまわり、辻馬車の事故のうちに陰謀を見、耐風マッチ*1が一本落ちていても、そこに特別な神慮《しんりょ》を見るのだった。その時、彼の疑いは私たちの前を歩いている不幸な牛乳配達人に向けられていた。そのあとに私たちを襲った出来事があまりにも印象的だったため、遺憾ながら、その牛乳屋の犯罪がどんなものだったかは忘れてしまった。それはたしか次の事実に関係のあることだったと思う——その配達人は小さい牛乳罐を一つしか持っておらず、罐の蓋をぴったり閉めずにひどく早足で歩いたため、舗道に牛乳がこぼれていた。これは彼が自分の小さい荷物のことを考えていないことを示していて、このことはさらに、歩いて行った先に牛乳をとどける以外の用事があるらしいことを示している。そしてこれは(泥だらけの靴に関するあることと考え合わせると)、さらにほかの何かを示しているのだったが、何だったかはすっかり忘れてしまった。私はこういう細かい発見を無慈悲に嘲笑《ちょうしょう》し、ルーパート・グラントはじつに良い奴ではあったけれども、芸術家気質の人間の感じやすさを多分に持っていたから、私の嘲笑に少し憤《いきどお》っていたらしい。探偵とはそういうものだと思っている沈着さで、葉巻を吸おうと努めていたが、その葉巻は嚙み千切られそうになっていたのだった。

「ねえ、君」彼は辛辣に言った。「半クラウン賭けようじゃないか。あの牛乳屋が本当に立ちどまったところには、それがどこだろうと、何か奇妙なものが見つかるということに」

「そのくらいなら、負けても払えるね」私は笑って言った。「いいだろう！」

私たちは謎めいた牛乳配達人のあとをつけて、無言で十五分ほど歩きつづけた。牛乳屋の足取りは次第に速くなり、ついてゆくのは中々しんどかった。彼は時折牛乳をこぼし、それが街灯の明かりで銀色に光っていた。と、突然、ほとんど私たちが気づくひまもないうちに、彼は一軒の家の地下勝手口の階段を下りて行って、姿を消した。ルーパートはあの牛乳屋が妖精だと本気で信じていたに違いない。彼は一瞬、男が消え失せたのを納得したように見えたのである。それから、何か大声で私に言って――その言葉はなぜか憶えていないが――謎めいた牛乳屋を追いかけて走って行き、自分も地下勝手口に消えた。

私は寂しい通りの街灯柱に寄りかかって、たっぷり五分間は待っていた。やがて例の牛乳屋が罐を持たずに軽々と階段を上がって来ると、バタバタと足音を立てて道を走り去った。さらに二、三分すると、ルーパートも勢い良く上がって来た。その顔は青ざめていたが、笑っていた。これは彼としては珍しい矛盾ではなく、興奮をあらわしていたのだ。「ねえ、君」ルーパートは揉み手をしながら言った。「君の懐疑主義はもうおしまいだ。君はロマンティックな街の可能性に対して俗物的に無知だったが、それももうおしまいだ。

＊1　紙巻煙草などに火をつけるのに用いる一種のマッチ。

君の散文的な人の好さは、半クラウン硬貨の形で表わしてもらわなければいけないね」

「何だって?」私は疑い深く言った。「あの牛乳屋に本当に何か問題があるとでも言うのかい?」

彼の顔は曇った。

「ああ、牛乳屋か」聞き違えたふりをしようと見え透いた努力をして、言った。「いや、僕は——僕は——べつにあの牛乳屋本人が何か悪いことをしたと言ったわけじゃない。僕は——」

「牛乳屋は何を言って、何をしたんだ?」私は容赦なく問いつめた。

「うん。本当のことを言うと」ルーパートは所在なく足を踏み替えながら言った。「外から見る限りはね、牛乳屋本人はただ『牛乳、牛乳』と言って、罐を手渡しただけだ。もちろん、だからといって、秘密の合図か何かをしなかったことにはならない——」

私は思わず大笑いした。「馬鹿だなあ。間違っていたと認めて、話に梟《けり》をつけたらどうだね? なぜ、ことさらにあの牛乳屋が秘密の合図をしなきゃならないんだ? あの男は、言うに値することは何も言わなかったし、何もしなかったと君は認めている。そのことは認めるだろう?」

彼の顔は真剣になった。

「うん。そう言われると、認めざるを得ないな。あの牛乳屋が正体をあらわさなかった可能性もある。僕があの男に目をつけたのは間違っていた可能性さえもある」

「それなら、もう一緒に行こうじゃないか」私は一種の平和的な怒りを示して言った。

「僕に半クラウン借りがあることを忘れないでくれよ」

「その点では、君と意見が異なる」ルーパートは澄まして言った。「あの牛乳屋が言ったことは全然罪のないことかもしれない。牛乳屋本人だってそうかもしれない。しかし、君に半クラウンの借りはない。なぜなら、僕が提案した賭けの条件はこういうものだったからだ――あの牛乳屋が行き着いたところには、そこがどこであろうと、何か面白いことがある、と」

「それで?」

「それで、僕は見事に見つけたんだ。一緒に来てくれ」彼はそう言って、私が何も言わないうちに、またクルリと背を向け、青い闇の中をそそくさと動いて、その家の堀だか地下室だかに消えた。私はどうしようと考える間もなく、あとについて行った。

地下勝手口に下りた時、私は何とも言えず愚かなことをしているような気がした――文字通り、俗に言う、穴に嵌《は》まった気分だった。そこにあるのはただ閉まった扉と、鎧戸《よろいど》を閉めた窓、私たちが下りて来た階段、自分がいる馬鹿げた井戸のような穴と、私をそこへ連れて来て、目をキョロキョロして立っている馬鹿げた男だった。引き返そうとしたまさにその時、ルーパートが私の肘をつかんだ。

「あれを聴きたまえ」そう言って、右手で私の上着を握ったまま、左手の指の付根で地下室の窓の鎧戸をコツコツと叩いた。いかにも自信ありげなので、私は立ちどまり、一瞬その方に首を傾《かし》げた。家の中から、まごうかたなき人間のつぶやき声が聞こえて来た。

「君、中にいる誰かと話してたのか?」私はルーパートの方を向いて、唐突にたずねた。

「いいや」彼は陰気な微笑みを浮かべて言った。「だが、ぜひともそうしたいんだ。あそこで誰かさんが何て言っているか、知ってるかい?」

「いや、もちろん知らないとも」と私はこたえた。

「それじゃ、耳を澄まして聴くことをお勧めする」ルーパートは鋭く言った。

私は夕暮の貴族的な街路の死んだような静けさの中にしばし佇《たたず》んで、耳を澄ました。長くて細い裂目の入った木の仕切りのうしろから、絶え間なく呻《うめ》くような声が洩れて来て、それはこんな言葉に聞こえた――「いつ出られるんだろう? いつ出られるんだろう? 一体、出してくれるんだろうか?」こういった意味の言葉である。

「何か知ってるのか?」私はいきなりルーパートの方をふり返って、言った。

「君はたぶん」彼は皮肉たっぷりに言った。「僕を探偵のはしくれじゃなくて犯罪者だと思ってるんだろう。僕はつい二、三分前、何かおかしなことが行われていると言って、この地下勝手口へ下りて来た。そして鎧戸の向こうにいるこの女性は（明らかに女性だからね）狂ったように呻いている。いや、君、彼女のことはそれ以上何も知らないんだ。驚くかもしれないが、彼女は僕が勘当《かんどう》した娘でもなければ、僕の秘密の後宮《ハーレム》の一員でもない。しかし、人間が出られないといって泣き、狂ったように独り言を言って、二、三分前にはそうしていたんだが、拳《こぶし》で鎧戸を叩いているとなると、そのことを一言言う価値があると思ったんだ。それだけさ」

「悪かった」と私は言った。「謝るよ。今は議論している時じゃない。どうしたらいいだろう?」

ルーパート・グラントは剝き出しの、輝く長い折畳みナイフを手に持っていた。

「まずは家に押し込むんだ」

そう言って、ナイフの刃を木の裂け目にねじ込み、大きな木片を剝ぎ取ると、隙間《すきま》が空いて、中の暗い窓ガラスが垣間見えた。その中の部屋にはまったく明かりが灯っていなかったので、最初の二、三秒間、窓は石板のように真っ黒い不透明な表面に見えた。それから徐々にだったが、あることに気づいて、私たちはハッとうしろへ退《さが》り、息を吞んだ。二つの大きな人間の眼が私たちのすぐそばにぼんやりと浮かんでいて、窓そのものが突然仮面のように見えたのである。青白い人間の顔が中からガラスに押しつけられており、隙間が広がるにつれて、それがはっきりして来ると同時に、こんな言葉が聞こえて来た。

「いつ出られるのかしら?」

「これはどういうことなんだろう?」と私は言った。

ルーパートは答えなかったが、散歩杖をふり上げるとフェンシングの剣のような構えをして、石突きをガラス窓に向け、ひと突きして穴を空けた。その穴は思いのほか小さくて、狙いが正確だった。そのとたんに声がいわば穴から噴《ふ》き出し、突き刺すような、問いかけるような調子で、ふたたびはっきりと解放を求めた。

「外へ出られないのですか、マダム？」私は少し動揺して穴に近寄った。

「外に出る？　もちろん、駄目です」未知の女は辛そうに呻いた。「あの人たちが出してくれませんもの。私、出して欲しいと言ったんです。警察を呼ぶと言ったんです。でも、無駄です。誰も知らないし、誰も来ません。あの人たちは好きなだけ私を閉じ込めておけるでしょう。ただ――」

私はこの何とも不吉な謎に腹を立て、しまいにステッキで窓を割ろうとしたが、その時、ルーパートが私の腕をしっかりと抑えた。それも奇妙な、静かな、秘密めいた厳しさで抑え――まるで私を制止したいが、それを人に見られたくないかのようだった。私は一瞬身動きを止めて、身体を少し横に向けると、玄関の石段を支える壁と向き合う格好になった。そのとたん、ルーパートと同じように、硬くなって息をひそめた。柱廊《ポーチコ》玄関の柱と同じくらい不動な、だが、たしかに人間と見える姿が戸口の脇柱の間から顔を出し、地下勝手口を覗いていたからである。明かりの点いた街灯の一つがちょうどその男の頭の真後ろにあり、その頭を真っ黒い影にしていた。だから、人相はわからなかったが、こちらを見つめていることだけはたしかだった。ルーパートの沈着さは見上げたものだと思った。彼はいとも呑気に地下勝手口の呼鈴を鳴らし、始まりのなかった会話の気楽な終わりを私に向かって話しつづけた。柱廊玄関に黒々と立っている人影は身動きもしなかった。じつは彫像なのではないかと私は思いかけた。次の瞬間、灰色の地下勝手口はガス灯の光で黄金色《きんいろ》になった——地下室の扉が突然開き、小柄な女中が取り澄ましてそこに立っていたのである。

「相すみませんが」ルーパートはどんな風にやるのか知らないが、愛想良くて、しかも育ちの悪そうなつくり声を出して言った。「ですが、〝浮浪児と迷子たち〟のために御協力願えないかと存じまして。私どもはべつに——」

「よそへお行き」小柄な召使いは、博愛心のない人間の使用人らしい無類の厳しさでそう言うと、私たちの鼻先で扉をバタンと閉めた。「まったく嘆かわしいな——こういう人々が無関心なことは」博愛家は重々しくそう言って、私たちは一緒に階段を上がった。その間に、柱廊玄関にいた不動の姿は突然消えた。

「さて、あれをどう思う?」ルーパートは往来に出ると、手袋をピシャリと打ち合わせて言った。

私はすっかり気が動転していたことを認めるにやぶさかでない。このような状況では、ただ一つのことしか考えられなかった。

「君の兄さんに教えた方が良いと思わないかい？」私は少しおずおずと言った。

「ああ、そうしたかったら、そうしてもいい」ルーパートは尊大に言った。「兄さんはこのすぐ近くにいるよ。グロスター・ロード駅で会う約束をしてるからね。辻馬車《キャブ》を拾おうか？　きっと、君が言うように、兄は面白がるかもしれない」

グロスター・ロード駅は、たまたま、少し空《す》いていた。ちょっとあたりを探すと、バジル・グラントが大きな頭に大きな白い帽子を被って、切符売場の窓口をふさいでいるのが見つかった。どこかへ行く切符を買うのに、おそろしく閑取《ひまど》っているのかと最初そう思ったが、じつは切符売場の事務員と宗教を論じ、興奮のあまり、窓口の穴に首を突っ込みかけていたのだ。私たちが彼をそこから引き離したあとも、しばらくの間、現代思想に於《お》ける東洋的宿命論の蔓延《まんえん》ということ以外には何も話さなかった――彼によれば、くだんの駅員の巧妙だが天邪鬼《あまのじやく》な謬説《びゅうせつ》に、それが典型的にあらわれているのだ。しまいに、私たちはとんでもない発見をしたことをバジルにわからせることができた。彼は話を聞く気になると、私たちの間に挟まって、街灯に照らされた通りを往ったり来たりしながら、注意深く耳を傾けた。私たちはサウス・ケンジントンのあの大きな家のこと、胡散臭《うさんくさ》い牛乳屋のこと、地下室に幽閉された婦人のこと、そして外玄関から睨んでいた男のことを、いささか熱っぽい二重唱《デュエット》で語った。しまいにバジルは言った。

「戻って事情を調べる気なら、慎重にやらなけりゃいけないな。君ら二人であそこへ行っちゃ駄目だ。二度も同じ口実を使って行くと怪しまれる。違う口実で行くのは、もっと不可《け》ない。君らを見ていた穿鑿《せんさく》好きな紳士は、端から端までとっくりと見たはずで、いわば心臓の隣に君らの似顔絵を掛けておくだろう。警察の手入れなしで、そこに何かがあるかどうかを知りたかったら、外で待っていた方が良いだろうな。僕が中に入って、見て来よう」

彼は考え込みながらゆっくりと歩いて行き、私たちもそれに歩調を合わせて、やがて例の家が見えるところに来た。家は暮れゆく薄青い夕空を背に、重々しく紫色に建っていた。まるで人喰い鬼の城のようだったが、たぶんそうだったのだろう。「大丈夫かい、バジル」弟は少し青ざめて街灯の下に立ちどまると、言った。「独りであそこへ行っても。もちろん、大声を上げれば聞こえるところに僕たちがいるけれども、あの悪魔どもは何か――何か突然――変なことをするかもしれない。安全とは思えないな」

「この世に安全なものなんて知らないね」バジルは落ち着き払って言った。「おそらく――死以外にはね」彼は玄関の石段を上り、呼鈴を鳴らした。どっしりした立派な扉が一瞬開いて、深まる闇の中にガス燈の明かりを四角く切り出し、それからバタンと閉まって、私たちの友人を中に葬ったが、その時、私たちは戦慄を禁じ得なかった。まるで邪悪なレビアタンが薄暗い唇を重たくぽっかりと開いて、また閉じたかのようだった。涼しい夜風が街路を吹きはじめ、私たちは外套の襟を立てた。ほとんど身動きもせず口も利かずに二十分も待っていると、私たちは氷山のように冷たくなったが、思うに、それは空気よりも心配のせいだったろう。突然、ルーパートが家の方へ動き出した。

「こんなの、我慢できんぞ」彼はそう言いかけたが、あわてて影の中へ戻った。真っ黒な家の正面からふたたび金の板が切り出されて、バジルのたくましい姿が輪郭をあらわしたからである。彼は大声で笑い、声高にしゃべっていたので、通りのこちら側にいても一言一句聞き取れるほどだった。家の中からもう一人か二人の声が笑ってバジルに言葉を返していた。

「いや、いや、いや」バジルは一種の嬉々とした敵意をこめて、大声で言った。「それは全然間違ってるよ。何よりもひどい異端説だ。いいかね、魂が、魂こそが宇宙の諸力を裁断するんだ。気に入らない宇宙力を見たら、そいつを騙してやりたまえ。だが、本当に、もう行かなきゃいけない」

「また来て、我々を攻撃してください」家の中から笑い声がした。「我々はまだ完敗したわけじゃありませんよ」

「ありがとう、そうするよ――おやすみ」グラントはそう叫んだ。この時にはもう通りに出ていた。

「おやすみ」親しげな声が返って来て、扉は閉まった。

「バジル」ルーパート・グラントはしわがれた声でささやいた。「僕らはどうすれば良いんだ？」

兄は考え込むようにして、私たちをかわるがわる見た。

「バジル、どうしたら良いんだ？」私も興奮を抑えられず、同じことを言った。

「さあ、わからない」バジルは迷っているように言った。「どこかで食事をして、今夜はコート劇場へ行くっていうのはどうだい？　あの連中も誘ってみたが、来られないというんだ」

私たちは唖然として目を瞠《みは》った。

「コート劇場へ行く？」ルーパートが繰り返した。「それが何の役に立つんだ？」

「役に？　どういう意味だね？」バジルも目を丸くして答えた。「君らは清教徒《ピューリタン》か、消極的抵抗者にでもなったのかね？　もちろん、楽しむために行くのさ」

「おいおい！　僕らはどうすれば良いのかと言ったんだ！」ルーパートは叫んだ。「あの家に閉じ込められている可哀想な女性はどうするんだ？　警察に行って来ようか？」

バジルはすぐに相手の言うことを呑み込んだという顔をして、笑った。

「ああ、そのことか。忘れていたよ。大丈夫だ。きっと何かの間違いだろう。あるいは、何かちょっとした家庭の事情だよ。しかし、連中が一緒に来られないのは残念だな。あの緑の乗合い馬車に乗って行こうか？　スローン広場にレストランがあるよ」

「時々思うんだが、君は僕らをギョッとさせるために馬鹿のふりをするんじゃないか」私は苛立って言った。「あの女性をどうして閉じ込められたままにしておけるんだ？　あれがどうしてただの家庭の事情であり得るんだ？　一体、犯罪と誘拐と殺人がどうして家庭の事情であり得るんだ？　もし人の家の客間に死体があっても、その話をするのは悪趣味だと思うのかね――まるでそれがろくでもない腰羽目《こしばめ》とか下手糞な銅版画でもあるかのように？」

バジルはカラカラと笑って、言った。

「君の言うことはもっとも至極だ。しかし、現実として、この場合は問題ないんだよ。それに、ほら、緑の乗合い馬車が来るぜ」

「この場合は問題ないって、どうしてわかるんだ？」弟は腹を立てて食い下がった。

「君ね、この一件は明白だよ」バジルは往復切符を歯に咥《くわ》えて、チョッキのポケットをまさぐりながら、答えた。「あの二人は一生のうちに一度も罪を犯したことなんかない。そういう種類の人間じゃない。君たち、どちらか半ペニー持ってないか？　乗合いが来る前に新聞を買いたいんだ」

「新聞なんか、糞食らえだ！」ルーパートはカンカンになって叫んだ。「バジル・グラント、あなたは私的な地下牢の真っ暗闇の中に、同胞たる人間を放っぽって行く――その地下牢の番人たちと十分間おしゃべりして、中々善人だと思ったから――そう言いたいのか？」

「善人も時には罪を犯す」バジルは切符を口から取り出して言った。「だが、この種の善人はあの種の罪を犯さない。さあ、この馬車に乗ろうか?」

果たして、大きな緑の乗物が薄暗い広い通りをガタガタとこちらへ向かって来た。バジルは歩道の縁石から踏み出し、一瞬、私たちは今にもみんな跳び乗って、レストランと劇場へ運ばれて行きそうだった。

「バジル」私は彼の肩をがっちりとつかまえて言った。「僕は断じて、この街路《とおり》とこの家から離れないぞ」

「僕もだ」ルーパートは例の家を睨みつけ、指を噛んで言った。「あすこでは何かけしからんことが行われてるんだ。放っておいたら、僕はもう眠れないだろう」

バジル・グラントは私たち二人を真面目な顔で見た。

「もちろん、そう思うなら」と彼は言った。「もう少し調べてみよう。どうせ、何も問題はないことがわかるだろうがね。連中はただのオックスフォード出の若者だ。それにすごく良い奴らだよ。ただ、あの似而非《えせ》ダーウィン主義に少々かぶれてるがね。進化の倫理学とか何とかいう類《たぐい》だ」

「思うに」ルーパートは呼鈴を鳴らしながら、陰険に言った。「僕らはかれらの倫理学について、君に教えてやれるだろう」

「訊いてもいいかい」バジルは憂鬱そうに言った。「君たちは何をしようというんだ?」

「まず初めにやることは」とルーパートは言った。「この家に入ることだ。次に、その素敵なオックスフォードの青年たちを一目見る。第三に、連中を殴り倒して、縛り上げて、猿轡を嚙ませて、家探《やさが》しをする」

バジルはしばらく憤然として目を瞠っていた。それから、例のごとく急に笑い出し、一瞬身体を震わせた。

「気の毒な坊やたちだ。だが、まあ、あんな馬鹿な了見を抱いているんだから、因果応報といったところかな」そう言うと、面白がってまた身体を揺すった。「これには恐ろしくダーウィン的なものがあるよ」

「手伝ってくれるんだろう?」とルーパートが言った。

「ああ、そうするとも」バジルは答えた。「君たちがあの気の毒な連中に害を加えないようにするためだがね」

彼は私たちのうしろについて、無関心な、時に不機嫌そうな顔をしていたが、扉が開いたとたん、なぜかいかにも慇懃《いんぎん》な様子で、真っ先に玄関へ踏み込んだ。

「しつこくお邪魔して、申しわけない」と彼は言った。「外で二人の友人と出会ったんだがね、その二人が君たちとお近づきになりたいといって聞かないんだ。連れて来てもいいかね?」

「もちろん、いいですとも」と若い声が言った。それは間違いなくイシス[*2]の声で、扉を開けたのはあの取り澄ました召使いの娘ではなく、この家の主人の一人が自ら開けたのだった。その男は背が低いが、均整のとれた身体つきの若い紳士で、髪は波打つ黒髪、顔は四角張っていて獅子鼻だった。上覆きを覆いて、大学で流行《はや》っているとおぼしき信じられないような紫色のブレザーを着ていた。

「こちらへ」と青年は言った。「階段のそばの段に気をつけて下さい。この家は小洒落《こじゃれ》た外観からお考えになるよりも、ねじ曲がっていて古風なんです。ここには本当に妙な隠れた場所がたくさんあるんです」

「さもありなんだ」ルーパートが憎々しい微笑を浮かべて言った。

私たちはこの時、書斎か裏手の客間にいたが、若い住人たちはそこを居間にしているらしく、雑誌だの本だのが――本はダンテから探偵小説まである――部屋中に散らかっていた。もう一人の青年は暖炉に背を向けて玉蜀黍《とうもろこし》パイプ*3をふかしていたが、こちらは大柄でたくましく、冴えない茶色の髪を前の方に撫でつけ、ノーフォーク・ジャケットを着ていた。一挙手一投足が鈍重でぎこちないが、いわば稀有《けう》なほどの紳士である、そういうタイプの人間だった。

＊2　エジプト神話の女神。家をイシスの神殿になぞらえている。
＊3　火皿を玉蜀黍の穂軸でつくったパイプ。

「まだ議論がしたいんですか?」紹介が済むと、彼は言った。「でも、グラントさん、あなたは僕らのような優れた科学者に、ちょっと手厳しかったですね。僕は理学博士号を諦めて、へぼ詩人にでもなろうかという気がしてるんです」

「馬鹿な」とグラントは答えた。「優れた科学者の悪口なんか一言も言ってないよ。僕が不満を持つのは、科学的だと称しているが、じつは一種の新宗教、それも非常に穢《けが》らわしいものにすぎない漠然たる通俗哲学に対してだ。人間の堕落について語っていた時、人々は自分が一つの神秘について、理解できないことについてしゃべっているのを知っていた。当節、人々は適者生存についてしゃべりながら、それを理解していると思っている。しかし、その言葉が何を意味するかについて、考えを持たないのみならず、御丁寧にも間違った考えを持っている。ダーウィン主義の運動は人類を何も変えなかった――ただ、哲学について非哲学的に語るかわりに、今は科学について非科学的に語っているだけだ」

「それは本当ですね」バローズという名前らしい大柄な青年が言った。「もちろん、ある意味で科学は数学やヴァイオリンのように、専門家にしか完全には理解できません。それでも、基本原理はみんなが使うことができます。ここにいるグリーンウッドは」とブレザーを着た小男を示して、「音楽のことといったら、ドレミファの区別もつきません。それでも、何かしらは知っています。『神、王を護り給わんことを』[*4]が奏でられたら帽子を取るだけのことは知っています。『おお、あの黄金の靴』[*5]が演奏されても、帽子を取ったりはしません。それと同じように科学も——」

バローズ氏はここで急に口を閉ざした。哲学論争ではあまり行われず、おそらく完全に合法的とはいえない議論によって遮《さえぎ》られたのである。ルーパート・グラントが背後から彼にとびかかって、喉に腕をまわし、この巨漢を海老反《えびぞ》りにさせたのだった。

「そっちの奴を殴り倒せ、スウィンバーン」ルーパートはそう叫び、私は何がなんだかわからないうちに、紫のブレザーを着た男と取っ組み合いをしていた。相手は筋金入りの格闘家で、鯨の髭のように身体を曲げたり、跳ね上がったりしたが、私の方が体重があったし、まったく向こうの隙をついていた。相手の足元にとび込んで、片足を引っ張った。相手は一瞬、片足立ちで身体を揺らしたが、二人共、散らかった新聞紙の上にどうと倒れ込んだ。私が上になっていた。

勝利を収めて一瞬気が緩《ゆる》んだ時、バジルの声が、何か初めの方は聞いていない長台詞《ながぜりふ》を言い終えるのが聞こえた。

「……本当のところ、君、僕にはまったく理解できないし、言うまでもないが不愉快なん

＊4　英国の国歌。
＊5　ジェイムズ・A・ブランドが一八七九年につくったミンストレル・ショーの歌。黒人霊歌「黄金の靴 Golden Slippers」のパロディー。

だ。それでも、人は古い友達の味方をして、たいそう魅惑的な新しい友達に立ち向かわなければならない。だから、この椅子の背被いで君を縛り上げるのを許してくれたまえ——これなら手錠としてはほどほどにゆったりしているし、しかも……」

　私はよろよろ立ち上がった。巨漢のバローズはルーパートの首絞めにあって踠《もが》いており、一方、バジルはバローズの大きな両手を抑えようとしていた。ルーパートとバジルはどちらも人一倍力が強かったが、バローズ氏も同じだった。彼がどれほど強いかは、その一秒後に知ったのである。ルーパートが両腕で彼の頭をうしろから抑えていたが、痙攣《けいれん》性の身震いがバローズの全身を走り抜けた。次の瞬間、彼は雄牛のように頭を前に突き出し、ルーパート・グラントは回転花火よろしくもんどりうって、前の床に放り投げられた。と同時に、雄牛の頭がバジルの胸を突き、バジルも床にどうと倒れた。怪物は狂戦士《ベルセルク》の雄叫びを上げて私にとびかかり、私を部屋の隈に叩き込み、紙屑籠を壊した。まごついていたグリーンウッドが猛然と立ち上がった。バジルも立ち上がった。しかし、今は敵の方が優勢だった。

　グリーンウッドは呼鈴に向かって突進し、思いきり引っ張って、大きな家の隅々まで音を鳴り響かせた。私はゼエゼエ喘《あえ》いで、まだ立ち上がることもできず、一時《いっとき》文字通り呆然自失していたルーパートが床から頭を上げることもできないうちに、二人の従僕が部屋に入って来た。私たちは三対二でも敗《ま》けたのに、今は敵の方が多勢になったのだ。グリーンウッドと従僕の一人は私にとびかかり、隅の紙屑籠の残骸の上にまた押し込んだ。ほかの二人はバジルにとびかかって、壁に釘づけにした。ルーパートは片肘を突いて起き上がったが、まだ朦朧《もうろう》としていた。

私たちはどうすることもできずに押し黙っていたが、バジルがこの場にそぐわぬ大きな明るい声で言うのが聞こえた。

「そら、これこそ僕が『楽しむ』と言ったことなんだよ」

私をつかまえている男たちとバジルの揺れる手足の間から、紅潮して、書棚に押しつけられた彼の顔が見えた。驚いたことに、その眼はまるで好きな遊びに熱中する子供のような喜びに輝いていた。

私は何度か必死に立ち上がろうとしたが、召使いが私の上にどっかりと乗っているので、グリーンウッドはその男に私をまかせることができた。彼は素早くふり返って、バジルを抑えつけている二人に加勢した。バジルの頭は敵に上から押しつけられて、傾いた船のようにだんだん低く下がっていった。倒れるかと思ったその時、書棚の巨きな本に手をかけた。あとでわかったが、それは聖クリソストモス[*6]の神学書だった。グリーンウッドが部屋の中を跳びはねて、そちらへ向かって行ったまさにその時、バジルは重い大冊を丸ごと本

＊6　聖ヨハネ・クリソストモス。四世紀の神学者、コンスタンティノポリス大司教。

棚から抜き取り、勢い良く放り投げた。本は空中をクルクル旋回《まわ》って、グリーンウッドの顔にもろにぶつかり、彼を転がる九柱戯《きゅうちゅうぎ》のピンのように倒した。と同時に、バジルはぐったりと沈み込み、敵がその上にのしかかった。

ルーパートの頭は明晰だったが、身体はへたばっていて、半分伸びているグリーンウッドに押しかぶさるのが精一杯だった。二人は上になり下になりして床を転げまわった。どちらも倒れたために幾分弱っていたが、ルーパートは特にそうだった。私は相変わらず押さえつけられたままだった。床は、破れて踏みつけられた新聞紙や雑誌の海で、巨大な紙屑籠さながらだった。バローズとその仲間は、枯葉の吹きだまりの中にでもいるように、ほとんど膝まで紙屑に覆われていた。グリーンウッドは片脚で「ペル・メル・ガゼット」を踏み抜き、それが滑稽に脚にまといついて、何か奇抜なズボンのフリルに似ていた。

バジルは屈強な人間の体の牢獄によって私の目から隠されていたので、もしかすると死んでいるかもしれないと思った。しかし、こちらに向けたバローズ氏の広い背中は、私の友を押さえつける必要がまだあるかのように、少し力《りき》んで曲がっているようだった。と、突然、その広い背中がゆらゆらと左右に揺れた。片脚で立って揺れていたのだ。バジルが、どうやったのか知らないが、もう片方の脚をつかんでいた。バローズの巨きな拳と従僕たちの拳が、沈み込んだバジルの頭を鉄床《かなとこ》を叩くようにポカポカ殴りつけたが、巨漢の足首を突然握りしめたバジルの手を放させることはできなかった。そのバジル自身も頭を暗闇の中へゆっくりと押し下げられて、四苦八苦していたが、やがて、相手の右脚が無理矢理宙に持ち上げられた。バローズは顔を紫色にして、右左に揺れた。それから、突如、床も壁も天井もいっせいに震えた——大男が倒れ、巨体が床一面をふさぐように見えたのだ。バジルは目を踊らせてガバと跳ね起きると、破城槌《はじようづち》のように三発強烈に殴って、従僕をやっつけた。それから椅子の背被いの一つを手に、もう一つを口に咥えてバローズの上にとび乗ると、相手が床に頭をぶつけてまだクラクラしているうちに、その手足を縛っていた。バジルはそれから、ルーパートが必死に押さえつけようとしていたグリーンウッドにとびかかり、二人で楽々と取り押さえた。私をつかまえていた男は私を放し、グリーンウッドを助けに行こうとした。しかし、私は放たれた発条《ばね》のようにぴょんと跳び上がって、そいつを殴り倒し、溜飲《りゆういん》を下げたのだった。もう一人の従僕は口から血を流し、すっかり戦意を喪失して、部屋からよろよろと出て行った。私をとらえていた男も、負け戦と見て何も言わず、そのあとにコソコソついて行った。ルーパートは縛られたグリーンウッド氏に跨り、バジルは縛られたバローズ氏に跨っていた。

驚いたことに、縛られて仰向けに寝ているバローズ氏は、まったく冷静な声で、自分の上に腰を下ろしている男に話しかけた。

「それでは、みなさん。気の済むようになさったんですから、一体これはどういうことなのか教えていただけるでしょうね？」

「これは」バジルは輝く顔で捕虜を見下ろしながら言った。「これは我々が適者生存と呼ぶものだよ」

ルーパートは乱闘の後半から次第に心を落ち着け、しまいには完全に知性を取り戻していた。腹這いになったグリーンウッドの上からいきなり立ち上がり、殴って血の出ている左手にハンカチを巻きつけながら、しごく冷静に声を張り上げた。

「バジル、君が弓と槍と椅子の背被いで押さえつけた捕虜の番をしてくれないか。スウィンバーンと僕は階下《した》の牢屋を片づけて来る」

「わかった」バジルはそう言ってやはり立ち上がると、肘掛椅子にゆったりと腰を下ろした。「急がなくてもいいぞ」と散らかった部屋の中を見まわして言った。「挿絵入りの新聞がこれだけあるからね」

ルーパートはよろめきながら考え深げに部屋を出て行き、私はそれよりもなおゆっくりとあとに跟《つ》いて行った。実際、ぐずぐずしていたので、部屋を出て廊下と台所の階段を通る間に、バジルが話を続ける声が聞こえたのである。

「さて、バローズ君」彼は椅子に腰を落ち着けて、愛嬌たっぷりに言った。「あの愉快な議論を続けちゃいけない理由はないね。君が床に仰向けになって意見を述べなければならないのは残念だし、さっきも言った通り、どうして君がそんな目に遭うのか、月の中の男ほどにも理解できないんだ。しかし、君みたいな話上手なら、どんな姿勢を取っていようと、さほど不利なはずはない。僕の記憶が正しければ、この偶発的な喧嘩騒ぎが起こった時、君はこう言ったね——科学の基本原理を一般に知らしめることには利点があり得ると」

「その通りです」床に寝ている大柄な男はうちとけた調子で言った。「僕の思うに、科学によって見る宇宙の略図ほど……」

私たちは地下室に下りたので、声はここで聞こえなくなった。私はグリーンウッド氏がこの友好的な会話に加わっていないのに気づいた。奇妙に思われるかもしれないが、彼は私たちの行為をふり返って、少し憤りを感じていたのだと思う。しかし、バローズ氏はまったく哲学と話好きそのものだった。私たちは、今も言った通り、かれらをみんな置き去りにして、謎めいた家の地下世界にますます深く潜って行った。そこに犯罪的な謎があり、人が秘密に閉じ込められているのを知っていたため、その世界は、たぶん実際よりももっと冥府のように思われたのだろう。

こういう家はたいていそうだが、地下にはいくつか扉があった。台所や洗い場、食料室、奉公人部屋などへの扉である。ルーパートはいとも素早くすべての扉を大きく開けた。五つの扉のうち四つは、がらんどうの部屋に続いていた。五番目の扉には鍵が掛かっていた。ルーパートはその扉を紙箱のように破り、私たちは中へ飛び込んだが、窓をふさいだ部屋には明かりも点《つ》いておらず、真っ暗闇だった。

ルーパートは敷居際に立ち、奈落の底に呼びかけるように呼びかけた。

「どなたか存じませんが、出ていらっしゃい。あなたは自由です。あなたを囚《とら》われの身にした連中は、自分自身が捕虜になりました。僕たちはあなたが泣いていらっしゃるのを聞いて、救い出しに来たんです。あなたの敵は、二階にがんじがらめにしてあります。あなたは自由なんです」

暗闇の中に話しかけてからしばらくの間、部屋の中はしんとして音もなかった。やがて、一種のつぶやきと呻きが聞こえて来た。たまたま以前《まえ》に聞いていなかったなら、風や鼠の立てる音と取り違えたかもしれない。それはまぎれもなく幽閉された女の声で、前に聞いた時と同様、寂しげに自由を求めていた。

「誰かマッチを持っているかい？」ルーパートは厳しい顔で言った。「どうやら、この一件も大詰に近づいたようだ」

私はマッチを擢って、高くかざした。その明かりで浮かび上がったのは、大きな、がらんとした、黄色い壁紙を貼った部屋で、向こう側の窓辺に黒服を着た人物がいた。一瞬後、私は指を火傷《やけど》してマッチを落とし、部屋の中はまた真っ暗闇になった。だが、その前に、もっと実用的なものが――張り出した鉄のガス灯が私の頭の真上にあるのが見えた。私はマッチをもう一本擢って、ガス灯に火を点けた。するとたちまち、私たちは囚われ人の前に粛然《しゅくぜん》と立っていたのである。

この地下の朝食堂の窓際には一種の道具箱が置いてあり、その上に、異様に高い付襟をつけた、目の醒めるような銀髪の年輩の婦人が坐っていた。彼女はまるで意図して効果を際立たせるかのように、メフィストフェレス的な黒い眉をし、小綺麗な黒い服をまとっていた。ガス灯の明かりが、茶色い鎧戸を背景に、見事な髪と顔をすっかり照らし出していた。背景はただ一個所だけ茶色ではなくて、青かった。一時間前にルーパートのナイフが木に大きな穴を空けたところだ。

「マダム」ルーパートは帽子を取るような仕草をして進み出ると、言った。「あなたは自由であることをお伝えさせてください。道を通りかかった時、お嘆きの声がたまたま耳に入りました。それで、危険を冒してお救いにまいったのです」

赤い顔と黒い眉毛をした老婦人は、鸚鵡《おうむ》のようなギョロッとした目つきで、一時《いっとき》私たちをまじまじと見ていた。それから突然、ホッとしたように吐息をついて、言った。

「救いに？　グリーンウッドさんはどこにいます？　バローズさんはどこです？　私を救い出したとおっしゃいましたか？」

「はい、マダム」ルーパートはニコニコして、恩着せがましく言った。「グリーンウッド氏とバローズ氏は満足のゆく扱いを受けました。僕らは非常に満足のゆく形でお二人と決着をつけたんです」

老婦人は椅子から立ち上がり、素早くこちらへ走り寄った。

「あの人たちに何と言ったんです？　どうやって説得したんですの？」と声を上げた。

「親愛なるマダム」ルーパートは笑って言った。「殴り倒し、縛り上げて説得したんです。でも、それがどうかしましたか？」

誰もが驚いたことに、老婦人はゆっくりと窓際の席に戻った。

「つまり、こういうことなんですの？」彼女は編み物を始めようとする人のような様子で言った。「あなた方はバローズさんを殴り倒して、縛り上げたのですね？」

「そうです」ルーパートは自慢げに言った。「かれらの圧迫に抵抗して、征服したのです」

「それはどうも有難うございます」老婦人はそう答え、窓際に腰を下ろした。

そのあと、かなりの間があった。

「あなたのお通りになる道には、もう何の障碍《しょうがい》もありませんよ、マダム」ルーパートは快活に言った。

老婦人は立ち上がり、一瞬こちらに向かって、黒い眉毛と銀色の頭をツンと上げた。

「でも、グリーンウッドさんとバローズさんはどうなりましたの？　あの人たちをどうしたとおっしゃったんでしたかしら？」

「階上《うえ》の床に寝ていますよ」ルーパートがクスクス笑って言った。「がんじがらめに縛られてね」

「そうですか。それなら、もう決まりですわ」老婦人はバタンという音を立てて、また椅子に坐り直した。「わたしはここにいなければなりません」

ルーパートはまごついた顔をして、言った。

「ここにいるですって？　どうして、これ以上ここにいなければならないんです？　この惨めな小部屋にとどまることを、いかなる力があなたに強制できましょう？」

「御質問はむしろ、こうあるべきです」老婦人は落ち着き払って言った。「よそへ行くことを、いかなる力が私に強制できるか、ですわ」

私たちは二人共まじまじと彼女を見つめ、彼女は私たち二人を静かに見つめた。しまいに私が言った。「あなたをここに置いて行っても良いと、本気でそうおっしゃるのですか？」

「まさか私を縛り上げて担いで行くおつもりではないでしょう？　私、けしてよそへはまいりません」

「ですが、マダム」ルーパートは派手に憤慨して、叫んだ。「外へ出られないといって泣いていらっしゃるのを、私たちはこの耳でしかと聞いたんです」

「立ち聞きする人は、しばしば誤解を招くことを聞くものです」囚われ人は険《けわ》しい顔で言った。「私はちょっと気がくじけて、癇癪《かんしゃく》を起こして、独り言を言ったんだと思います。それでも、多少の名誉心は持っておりますから」

「名誉心？」とルーパートは訊き返し、その顔から知性の最後の光が消えて、眼玉をギョ口つかせる白痴の顔と化した。

彼は扉に向かってぼんやりと歩いて行き、私もあとに続いた。しかし、私は良心と好奇心からもう一度ふり返った。「マダム、私たちにして差し上げられることは何もないのですか？」と私は惨めに言った。

「それなら」と婦人は言った。「とくに御親切をしてくださるとおっしゃるのなら、階上《うえ》にいる紳士方の縛めを解いてあげてください」

ルーパートは台所の階段をドタドタと駆け上がり、むしゃくしゃした乱暴な足取りのために階段が揺れた。彼は何か言おうとして口を開いたまま、戦場となった居間の戸口へよろよろと戻って行った。

「神学的に言えば、たしかにその通りです」バローズ氏は仰向けに寝ながら、バジルとくつろいで議論していた。「しかし、我々はこの問題を五感に現われる通りに考えなければいけません。道徳の起源は……」

「バジル」ルーパートは息を切らして言った。「あの人は出て来ようとしないんだ」

「誰が出て来ないって？」バジルは議論の邪魔をされて、少し不機嫌にたずねた。

「階下《した》にいる御婦人だよ」とルーパートはこたえた。「閉じ込められた御婦人だ。出て来ようとしないんだ。それに、自分の望みはこの連中を解放することだと言ってる」

「それは、じつに分別のある提案だね」バジルはそう叫ぶと、ひとっ跳びして、寝ているバローズの上にまたのしかかり、両手と歯で縛めを解きはじめた。

「素晴らしい考えだ。スウィンバーン、グリーンウッドさんを自由にしてやりたまえ」

私は茫然として機械的に、紫のジャケットを着た小柄な紳士を解き放ったが、彼はこうした出来事のいずれも、とくに分別があるとも素晴らしいとも思っていない様子だった。一方、大男のバローズはヘラクレスのような笑い声を上げた。

「さて」バジルは、彼にしてはたいそう陽気に言った。「お暇《いとま》しなければいけないな。今晩はじつに楽しかった。感謝のあまり、堅苦しい御礼なんか言えないほどだ。もしこんな風に言っても良ければ、自分の家にいるようにくつろがせてもらったよ。おやすみ。本当に有難う。行こう、ルーパート」

「バジル」ルーパートは絶望にかられて言った。「後生だから、一緒に来て、階下にいるあの女性を何とかしてくれないか。僕はこの不愉快を忘れられない。たしかに、僕らは勘違いをしたようだ。しかし、こちらの紳士方もたぶん気にしないだろう……」

「気にしませんよ」バローズが一種ラブレー的な騒々しさで叫んだ。「気にしませんとも、みなさん、食料室を覗いてごらんなさい。石炭置き場を調べてごらんなさい。煙突の中を一回りしてごらんなさい。家中に死体があること請け合いですよ」

私たちの今回の冒険は、今までにお話しした冒険とは一つの点で異なる運命にあった。私はバジル・グラントと多くの突飛な日々を過ごして来て、その日々の前半には、太陽も月も気が狂ったかと思われたものだ。しかし、その一日と冒険が終わる頃には、万事は雨上がりの空のように自《おの》ずと澄み渡って、一つの光輝く、静かな意味が次第次第にあらわれる——これまではいつもそうだった。ところが、今日の一件は、初まりよりもさらに滅茶苦茶な混乱のうちに終わる運命だったのである。十分後に私たちはあの家を去ったが、その前に少し間の抜けた一幕が加わり、私たち全員の心を暗雲の中で揺るがした。たとえルーパートの首が突然胴体から離れて床に落ちたとしても、グリーンウッドの両肩から翼が生えたとしても、あれ以上唐突に驚かされることはなかっただろう。だが、このことに関しても、何も説明は得られなかった。その夜、私たちは驚異《ふしぎ》と共に寝て、翌朝もそれと共に起き、何週間も何カ月もそいつを記憶の中に立たせておかねばならなかった。いずれおわかりになるが、そいつは何カ月も経ってからやっと、べつの出来事により、べつの形で説明されたのである。今はただ起こったことを述べるにとどめておく。

私たちは五人共、ふたたび台所の階段を下りて行った。ルーパートが先頭に立ち、この家の二人がしんがりをつとめた。牢屋の扉はふたたび閉まっていた。開けると、中はやはり真っ暗だった。あの老婦人がまだそこにいるとすれば、ガス灯を消したのだ。無気味なことに、彼女は暗闇に坐っている方が好きなようだった。

ルーパートは無言でガス灯を点けた。私たちが強いガス灯の光の中で、ふらつきながら前に進んで行くと、小柄な老婦人は鳥に似た頭をこちらに向けた。それから、おそろしい素早さで――私は驚いてとび上がりそうになった――いきなり立ち上がり、膝を屈めて古風なお辞儀ないし敬礼をした。私はすぐさまグリーンウッドとバローズを見た。この卑屈な挨拶は、かれらに向かってしたと考えるのが当然だったからだ。私はそれの意味するところを考えると腹が立って来て、挨拶を受ける暴君たちの顔を見たくなった。と、驚いたことに、かれらはそれを全然見ていないらしく、バローズは小さな折畳み式ナイフで爪を切っていた。グリーンウッドは一同のうしろにいて、まだ部屋へ入ってもいなかった。やがて、驚くべき事実が明らかになった。私たちの先頭に立っていたのはバジル・グラントで、ガス灯の黄金色の光がその力強い顔と姿を照らしていた。その顔には言うに言われぬ意識した表情が浮かび、重々しい微笑がかすかに混じっていた。頭は軽い会釈《えしやく》をして、少し屈めていた。婦人のお辞儀にこたえたのは、彼だった。そして、敬礼が彼に向かってなされたことに、合理的な疑いの余地は微塵《みじん》もなかった。

「聞くところによると、マダム」バジルは優しいが、どこか堅苦しい声で言った。「私の友人たちがあなたを救出しようとしたそうですね。しかし、上手く行かなかった」

「私の咎《とが》をあなたほど良く御存知の方は、当然、誰もいません」婦人は顔を赤くして答えた。「けれども、裏切りの罪は犯していないことがおわかりでしょう」

「私は喜んでそれを証明いたしますよ、マダム」バジルは同じ落ち着いた調子でこたえた。「それに、じつを言うと、あなたが忠誠を示されたことをたいそう嬉しく思うので、自由裁量の大きな権限を行使する喜びを自分に認めようと思います。あなたはこちらの紳士方に求められても、この部屋から出て行こうとなさらない。しかし、私の求めで出て行ってもかまわないことは御存知でしょう」

囚われ人はふたたび敬礼をした。「私はあなたが不公正だと不満を申し上げたことはありません。あなたの御寛恕《ごかんじょ》をどう思うかは申し上げるまでもないでしょう」

そして、婦人は私たちのまじまじと見開いた眼が瞬《また》きをする閑《ひま》もないうちに、部屋から出て行った。バジルが彼女のために扉を開けていた。

バジルはグリーンウッドの方をふり向くと、またはしゃいだ調子で言った。「これで君たちも安心だろう」

「そうですね」不動の若い紳士はスフィンクスのような顔でこたえた。

私たちは家から出て、濃紺の闇の中にいたが、まるで高い塔から落ちて来たかのように衝撃を受け、茫然としていた。

「バジル」ルーパートがしまいに弱々しい声で言った。「今までずっとあなたを兄だと思っていたが、あなたは人間なのかい？　つまり――ただの人間なのかい？」

「今のところ」とバジルはこたえた。「僕がただの人間であることは、もっとも間違いない象徴《しるし》の一つ――空腹によって証明される。スローン広場の劇場へ行くには、もう遅すぎる。しかし、レストランへ行くにはまだ間に合う。そら、緑の乗合い馬車が来たぜ！」そう言って、私たちがしゃべる間もないうちに、乗合い馬車に跳び乗った。

＊　＊　＊　＊　＊

前にも言った通り、それから数カ月後のことだったが、ルーパート・グラントがいきなり私の部屋へ入って来た。手に小鞄を提《さ》げ、全体に庭の塀でも飛び越して来たような様子で、最新の、いとも乱暴な遠征に一緒に行ってくれと誘った。彼はほかでもない、私たちのすべての喜びと悲しみの源である〝奇商クラブ〟の由来と、所在と、本拠地を発見しようと思い立ったのだった。この奇妙な存在の巣窟《そうくつ》を最終的に突きとめるまでの経緯を説明すれば、物語は果てしなく続くだろう。その過程には百もの興味深い事柄があった。会員を追跡し、辻馬車の御者を買収し、与太者と喧嘩をし、舗道の敷石をめくり、地下室を発見し、地下室の下の地下室を発見し、地中の通廊を発見し、奇商クラブを発見したのだ。

私は生まれてからこの方いろいろ奇妙な経験をしたが、あの時ほど奇妙な感じがしたことはない。あのだらだらととりとめもなく続く、何も見えず、その先に何もなさそうな廊下を抜けると、突然、輝くばかりに贅《ぜい》を尽くした居心地の良い食堂に出て、まわり中どこを向いても、知っている顔が並んでいた。樹上住宅の周旋人モンモレンシー氏が、臨時で副牧師をつとめるけれども、ふだんは〝職業的引き留め屋〟である二人の青年の間に坐っていた。〝冒険とロマンス代理店〟の創業者P・G・ノースオーヴァーもいた。〝舞踏言語〟を発見したチャド教授もいた。

私たちが部屋に入ると、人々は全員、急に椅子の中に沈み込むように見え、ほかならぬその行動によって、誰も坐っていない会長の席が、歯の抜けたあとのように、私たちに向かってぽっかりと口を開いた。

「会長はここにいないな」Ｐ・Ｇ・ノースオーヴァー氏が急にチャド教授の方をふり返って言った。

「そ――そうだね」哲学者はふだんに増して曖昧に言った。「どこにいるのか想像もつかんね」

「いやはや」モンモレンシー氏がとび上がって言った。「ちょっと心配になって来ました。様子を見て来ますよ」そう言って、部屋から走って出た。

モンモレンシー氏はすぐに駆け戻って来て、おずおずと、しかし、恍惚《うっとり》としてしゃべった。

「いますよ、みなさん――ちゃんと、います――もうすぐ入って来ますよ」そう言って、席に着いた。ルーパートと私は次第に一種の驚異を感じずにいられなかった――この狂った兄弟団の最初の一人である人物とは、一体何者なのだろうか？　この狂人たちの世界で――と私たちはぼんやりと思った――一番狂っているのは誰なのだろう？　いかなる怪人の影が、こうした怪人たち全員の心をかくも忠実な期待の念で満たしているのだろう？

答は突然出た。扉が勢い良く開き、部屋中が歓声に満たされて震動し、そのさなかで、バジル・グラントが夜会服を着て微笑みながら、テーブルの端の上席に着いたのである。

私たちがどうやってあの晩餐を食べたのか、記憶にない。普通なら、私はクラブの晩餐の長い贅沢な食事を楽しむのが人一倍好きなのである。しかし、この時の食事は、望みもなく果てしもないコースの連続に思われた。オードヴルの鰯《いわし》は鰊《にしん》のように大きく見えたし、スープは大海のよう。雲雀《ひばり》は家鴨《あひる》、家鴨は駝鳥《だちょう》――最後までそんな調子だった。チーズのコースは途方もなかった。月が緑のチーズでできているという話はよく聞いたが、その夜出て来た緑のチーズは月でできていると思った。その間ずっと、バジル・グラントは笑って飲み食いをしていたが、自分がなぜこの跳ねまわる白痴たちの王としてそこにいるのかを語るような眼差しを、こちらに投げかけることは一度もなかった。

しかし、ついに、何らかの形で事情がわかりそうな時が来た――クラブの演説とクラブの乾杯の時である。バジル・グラントは、歌声と歓呼の声が湧き上がる中で立ち上がった。「諸君」と彼は言った。「当結社の慣例といたしまして、その年の会長が議事を始めるにあたっては、全員で乾杯したり、挨拶を述べたりするのではなく、各会員に、自分の商売について短い報告を求めることになっております。それから、その職業とそれに従事する者全員のために祝杯を上げます。そこで、まず私が古参会員として、自分がこのクラブの会員たり得る資格を申し述べようと思います。紳士諸君、何年も前、私は判事でした。その立場で正義を行い、法を執行するために最善を尽くしました。しかし、自分はこの仕事をしていても、正義というものの片鱗にも触れていないのだと、次第にそう思い始めました。私は強き者の座に坐っていました。緋と白貂《しろてん》の衣をまとっていました。それにもかかわらず、私が占めていたのはちっぽけな、卑しい、役立たずな地位でした。郵便配達人と同じようにケチな規則に従わねばならず、私の赤と金色の衣には、郵便配達人の服以上の値打ちはありませんでした。毎日、私の前を張りつめた感情的な問題が通り過ぎて行きます。私はその苦しみを投獄だの損害賠償だのという愚にもつかないやり方で和《やわ》らげるふりをしなければなりませんでした。しかし、その間ずっと、自分の生きた常識に照らして知っていたのです――こうした問題を解決するには、キスや、鞭打ちや、二言三言の説明や、決闘や、西ハイランド地方の周遊といったことをやらせた方が、ずっと効き目があるだろうと。こうした思いが強くなるにつれて、何もかも他愛ないことだという感覚がたえまなくつのっていったのです。法廷で人が言ったすべての言葉、ささやきや罵《のの》りが、私が言わねばならない言葉よりも、もっと生活に結びついているように思われました。それから、私が公然とこの茶番全体を冒瀆《ぼうとく》し、札付きの狂人と見なされて、公の生活から消える時が来たのです」

この話を熱心に聴き入っているのはルーパートと私だけではないことが、何かしらその場の雰囲気でわかった。

「さて、そのうちに私は、自分でも本当に世の中の役に立てることを知りました。私は純粋に道徳的な判事として、純粋に道徳的な争いを解決する役割を個人的に引き受けました。久しからずして、この非公式な名誉の法廷は(厳重に秘密を守りながら)社会全体に広がっていきました。人々は殺人とか、無許可で犬を飼ったとかいう、誰も気にしない実際的な些事ではなく、べつのことで私の裁きを受けました。私の罪人たちは、社会生活を本当に不可能にする罪で裁かれたのです。わがままや、途方もない虚栄心や、醜聞の売り渡しや、賓客《ひんきゃく》や扶養家族への物惜しみといったかどで、私の前で裁かれたのです。もちろん、これらの法廷には、いかなる実際の強制力もありませんでした。処罰の実行はひとえに、関わった紳士淑女の名誉心——犯人の名誉心も含めて——にかかっていました。しかし、我々の命令がつねにいかに完全に守られたかをお知りになれば、諸君は驚嘆されるでしょう。つい最近も、私はまことに気持ちの良い事例に出会いました。私はサウス・ケンジントンに住む、さる未婚の御婦人に、独房での禁固刑を言い渡しました。その理由は、蔭口を言い歩いて、ある人々の婚約を解消させるための道具となったことです。この婦人は、善意の人々がお節介に救い出そうとしたにもかかわらず、牢屋を出ることをきっぱりと拒みました」

ルーパート・グラントは口をあんぐり開いて、兄を見つめていた。それを言うなら、たぶん私もそうだったろう。してみると、あの老婦人が奇妙なことに自分の運命に不満を言い、もっと奇妙なことに、それに満足していた理由はこれだったのだ。彼女はバジルの〝自発的刑事裁判所〟で裁かれた犯人の一人だった。彼の〝奇妙な商売〟の顧客だったのである。

私たちはいまだに茫然としたまま、グラスがかち合う中で、バジルの新しい司法組織に乾杯した。頭の中には、万事が矯正《ただ》されたという混乱した感覚——人が神の御前に出た時、抱くであろう感覚——しかなかった。バジルの声がぼんやりと聞こえて来た。

「それでは、今度はＰ・Ｇ・ノースオーヴァー氏が〝冒険とロマンス代理店〟について説明してくださるでしょう」

そして、ノースオーヴァーがずっと以前ブラウン少佐にした話を始めるのが、やはりぼんやりと聞こえて来た。かくして私たちの叙事詩は、真の円環の如く、始まりに戻ったのである。

「奇商クラブ」の訳題について

新しいものは新しいが故《ゆえ》に貴いというのが、二十世紀以降、人類の大多数が頭に刷り込まれている通念ではないかと思うが、わたしは保守主義者なので、変えなくてもとくに支障のないものは変えない方が良いと考えている。

小説の訳題などもそうだ。

本書の題名「The Club of Queer Trades」は、逐語《ちくご》的に説明すると、「奇妙な、変な、風変わりな商売（職業）のクラブ」ということだろう。

これを「奇商クラブ」と縮めたのは中村保男《なかむらやすお》訳の名人芸で、じつに過不足のない訳し方だと思っている。変えろと言われても、私にはもっと良い題名は思いつかない。「珍職倶楽部」というのでは語呂が悪いし、「変痴奇商売友の会」なんて、ちょっとゲテモノすぎよう。それで、「奇商クラブ」の呼び名を本書でも踏襲させていただくにあたり、旧訳の訳者に敬意を表したい旨《むね》をここに記す。

二〇一八年秋

南條竹則

解説

小森 収

『奇商クラブ』はギルバート・キース・チェスタトン一九〇五年の短編集で、六つの作品から成り、おおむね、一九〇四年からその翌年にかけて、ハーパーズ・ウィークリイに掲載されました。同じ年に『チャールズ・ディケンズ』も発表し、新進気鋭の評論家として注目され始めたころにあたります。処女小説の『新ナポレオン奇譚』こそ、一九〇四年に世に問うていましたが、『木曜の男』（南條訳では『木曜日だった男』）やブラウン神父シリーズといった小説はもちろん、『正統とは何か』その他の作品も、未《いま》だものしていません。著述家として、あるいは、そのうちの小説に限ってみても、初期の作品ということになります。

この連作は、三人の登場人物が、一応の主役と言えます。まず、語り手のスウィンバーン。彼は語り手だけに、本人のことはあまりよく分かりません。自己紹介とか設定の説明といった恥ずかしいことはしませんからね。いったい、何で生計をたてているものやら。

「可能な限り多くの結社に入ることを道楽にしている」というのですから、まあ、裕福なのでしょう。スウィンバーンの友人が本編の主人公バジル・グラントです。「夢想家であり、神秘家であり、屋根裏部屋からめったに出て来ない男」と書かれています。かつては「英国の裁判官の中でももっとも鋭敏」だったそうですが、ある時期から、判事として臨む公《おおやけ》の場においても、乱心したようにしか見えなくなり、ついには職を辞してランベスの屋根裏部屋に籠《こも》ってしまいます。ランベスはテムズ河の南。いまでこそロンドンの中心部ですが、十九世紀の末、この小説の書かれるほんの二十年ほど前まではサリー州だったと言いますから、拡大するロンドン市域の当時の最先端、貧民窟と第一話で表現されています。その屋根裏部屋にバジルを訪ねたスウィンバーンが第一話で出会うのが、バジルの弟のルーパート・グラントです。兄が弟を友人に紹介して曰《いわ》く「するべき事は何でもできるし、やってのける男だ。僕は一つの事に失敗したが、彼はあらゆる事に成功している。僕の記憶では、新聞記者、不動産屋、博物学者、発明家、出版屋、学校の先生をして、それで――今は何をしてるんだね、ルーパート?」彼の弟は、しばらく前から私立探偵をやっていたのでした。

さきほど、この三人を一応の主役と書いたのは、あるいは、狂言まわしと言った方が適切かもしれないためです。三人が――というよりも、スウィンバーンとルーパートのふたりが、厄介な出来事に遭遇したり、首をつっ込んだあげく、バジルに登場を願い、彼の直観的な洞察で、それが世にふたつとない奇妙な商《あきな》いであることが判明します。彼らの作る秘密結社が「奇商クラブ」です。それは既存の商売の応用や変種であってはならず、まったく新しい商売であり、かつ、それが彼の生計の資《もと》でなければならないという二点が、求められています。そんな商売があるのかね？　そう思った貴方は、もうチェスタトンの術中にはまっています。第一話のブラウン少佐は、三流の冒険活劇さながらの奇怪な出来事に巻き込まれますが、まるでつくり話のような冒険の果てに待っていたものは何だったでしょう？

『奇商クラブ』は風変りな小説です。いや、チェスタトンの小説は皆風変りなので、それは『奇商クラブ』に限ったことではありません。しかし、商業誌に短編の連作を、おそらくは初めて書くにあたって、それでも、こういう奇妙なものを書いてしまう。そこには、狙いとか意図といった意識的なもの以前に、その人の核のようなものが、往々にして現われるものです。『奇商クラブ』にあって、それは、奇妙なクラブの話を書いたことにあるのではなく、奇妙な商いのクラブを書いたことにあると、私は考えています。『奇商クラブ』の背後に見える書き手の姿は、ケンジントンの成功した不動産屋の息子のそれです。それは、マグナカルタ以後、何世紀にもわたって王権から譲歩を勝ち取ることで到達した、自由主義者の商人の成功と自負――名誉革命を成し遂げたのは、自分たちだという自負――を、心の奥底に秘めたカルチュアです。また、それは十九世紀後半のイギリスにおいて、世界的に見ても圧倒的な商業的勝者となった、史上稀有な存在として、しかし、実際にはそのうちのひとりという無名の存在としての成功した商人の自負でもありました。

チェスタトンの自叙伝には、自分が初めて見たものの記憶として人形芝居の話が出て来ます。それは父親の手作りのもので、そのためには、父親が「大道具方であり、建築家であり、製図家であり、風景画家であり、劇作家でなければならない」と書いています。そこに、自由主義者の無名の一商人（でさえも）が持つ教養という自負を見るのは、私だけでしょうか？

この小説が集合住宅の話から始まるのは偶然ではありません。ロンドンの繁栄と拡大は、商業的な繁栄を抜きには考えられませんが、いくつもの小さな部屋が、個人事業の基地となり、自由な取引の拠点となる。鹿島茂《かしましげる》に『文学は別解で行こう』という面白い文学評論集があります。その巻頭はジュール・ヴェルヌの『八十日間世界一周』を論じたものですが、主人公のフィリアス・フォッグ（チェスタトンの父親の同時代人です）を信用の擬人化した姿として読むというもので、一読、思わずのけぞりました。しかし、個性を一切剝ぎ取られた（経済的）信用だけが、世界を駆けまわる（一周する）。その事務所は、ロンドンの片隅の小部屋で、一向に差し支えないのです。

霧に煙《けぶ》るロンドンの片隅にある一軒の家、ひとつの部屋では、どんな不可解なことが起きていても不思議ではない。この感覚が、奇譚としてのミステリを世紀末のロンドンで繁栄させました。リチャード・ハーディング・デイヴィスの「霧の夜」や、R・L・スティーヴンスンの『自殺クラブ』といった奇譚は、その好例です。そして、チェスタトンはその出自からか、持ち前の感性からか、そこに奇妙な商売がありうること、どんな奇妙な商売であれ、ロンドンの商人はそれを実現しうることを夢想したのです。思いかえせば、先行するシャーロック・ホームズにも、類例を見出せます。「赤毛組合」は、奇妙な結社がもたらす、おいしいサイドビジネス（ある意味、新商売）につられて……という話でした。「くちびるのねじれた男」は、人には言えない新商売の話以外の何物でもありません。どちらも、ホームズ作品の中でも代表作と目されていることは、みなさん、ご承知の通りです。

同時に、それらの小部屋は、人の入れ替わりも激しいものでした。空き家と列車と新聞は、二十世紀前半のミステリを語る上で、欠かせない要素と、かねて考えているのですが、のべつ入れ替わっていく店子《たなこ》の姿は、物理的ないしは社会的な移動の激しさを指し示してもいます。『奇商クラブ』にも、それはあてはまり、とくに第一話では、それが話のキモとなっています。チェスタトンには、犯人の職業で有名な短編があります。以前、書いたことがありますが、それは、その職業の人間が犯人であるというよりは、殺人の動機を持った人間がそののちに、件《くだん》の職業に就いたという話でした。社会的な移動があのトリックを完成させたのです。ここで、少々、脱線します。松浦正人《まつうらまさと》に指摘されて、目を啓《ひら》かれたのですが、同じことをさらに大規模にしたのが、エラリイ・クイーンの『Xの悲劇』でした。しかも、クイーンは、それを犯人の意外性のみならず、犯人を特定するための論証の一環として用いるという、謎解きミステリとしての進歩を見せた上で、なおかつ、当時のニューヨークの最先端の交通手段三つを犯行現場にする（これはどなたかが、以前指摘されていましたが、どなたの指摘か失念してしまいました。ご教示願えれば幸いです）という、センスの良さを見せました。

チェスタトンに話を戻すと、本書の中には、その職業が、当時どのように見られていたかを暗示するような箇所があります。チェスタトンには、他民族への蔑視《べっし》や偏見を指摘されることがありますが、これも、当時の自由主義のカルチュアが根っこにあったのではないかと、私は疑っています。やはり、自叙伝に出てくるエピソードですが、自分でも記憶にない幼少のころ、帽子を取ってくれとダダをこねた挙句《あげく》に「もしそれをくれないんならアットと言うよ」と「恐ろしいことを口走った」と言います。Hatのアタマの H を発音しないのは、下流階級の発音であり「私はこう言えば何マイル四方もの親類全部を確実に降参させることができることを知っていた」のです。

もっとも、いまや、イギリスの二大政党と言えば、保守党と労働党です。自由主義者のカルチュアなど根絶やしなのかもしれません。少なくとも、先行者利得に首までつかって、教養を自負することの出来たイギリスの商人たちは、二十世紀を通して後発資本主義国との血も涙もない競争に呆然としつつ（これが英国病と呼ばれるものではないでしょうか）、再生の道を歩むことを余儀なくされています。それでも、もはや忘れ去られようとしているカルチュアだとしても、その中から咲いた花として、チェスタトンという作家はあり、彼らのもたらした繁栄の中から咲いた花として、ミステリはあります。

『奇商クラブ』は、ミステリというよりは、奇譚と呼ぶべきものであるかもしれません。集中では語り口が抜群に楽しい「牧師さんがやって来た恐るべき理由」が、私の一番のお気に入りで、サゲにもニヤリとさせられました。後半の作は、いささか趣向に振り回された感があって、最後の最後で、チャド教授に台詞があるのは、いかがなものかと思いますが、良しとしましょう。ただし、それと一言も触れられてはいませんが、「老婦人の風変わりな幽棲」で、最後に明らかになるのが、贖罪を司《つかさど》ることであるというのが、いわゆるチェスタトンらしさなのかもしれません。同時に、この連作短編の基本設定から言って、どうも、それが生計の資となっている商売であるはずだということは、頭に置いておく必要があるでしょう。

最後にひとつ。巻末に「『奇商クラブ』の訳題について」という、訳者の文章が付されています。これを読んで、思い出したことがあります。松岡和子《まつおかかずこ》に教えられたことです。シェイクスピアの「マクベス」の有名な台詞“Out, out, brief candle!”の訳は、逍遥《しょうよう》の「消えろ、消えろ、束の間の灯火！」が踏襲されることが多い。それだけ逍遥訳が動かないとということですが、小田島雄志《おだしまゆうし》は、そのように、継承しつつより良いものを創ることを「それが文化だよね」と言ったということです。

なお、以前の中村保男《なかむらやすお》訳『奇商クラブ』に収録されていた「背信の塔」と「驕《おご》りの樹」は、引き続き創元推理文庫で南條竹則の手で改訳され、ノンシリーズ短編集に収録が予定されているそうです。

本書は一九三二年刊の THE LONDON BOOK 版を底本に翻訳刊行した。

検印
廃止

訳者紹介　1958年東京に生まれる。東京大学大学院英文科博士課程中退。著書に「怪奇三昧」「英語とは何か」他、訳書にブラックウッド「人間和声」、「秘書綺譚」、マッケン「白魔」、チェスタトン「詩人と狂人たち」「ポンド氏の逆説」、ハーン「怪談」他多数。

奇商クラブ

2018年11月30日　初版

著　者　G・K・チェスタトン

訳　者　南《なん》　條《じょう》　竹《たけ》　則《のり》

発行所　（株）東京創元社
代表者　長谷川晋一

162-0814/東京都新宿区新小川町1-5
電　話　03・3268・8231-営業部
03・3268・8204-編集部
URL　http://www.tsogen.co.jp
精興社・本間製本

乱丁・落丁本は、ご面倒ですが小社までご送付ください。送料小社負担にてお取替えいたします。

ISBN978-4-488-11019-2　C0197